JN208408
侯爵令嬢
アリアレインの
追放
上
しろうるり
イラスト
RAHWIA

Dragon-Spine Mountains
竜骨山脈
Lenean Road
レーナ街道
Royal Capital
王都
Colgea
コルジア
Mareisean Road
マレス街道
Esryn
エズリン
Dragon-Wing Mountains
竜翼山脈
Rhedan
レダン
Mareis
マレス
Dragon-Wing Peninsula
竜翼半島

CONTENTS

第1章　侯爵令嬢アリアレインの追放　10
第2章　侯爵令嬢アリアレインの決断　54
第3章　侯爵令嬢アリアレインの出立　112
第4章　侯爵家従士アーヴェイルの誓約　163
第5章　侯爵令嬢アリアレインの祈念　193
幕間　王太子エイリークの憤激　228
番外編　奏任書記官ラドミールの恩義　256
番外編　侯爵令嬢アリアレインの歓談　298
あとがき　306

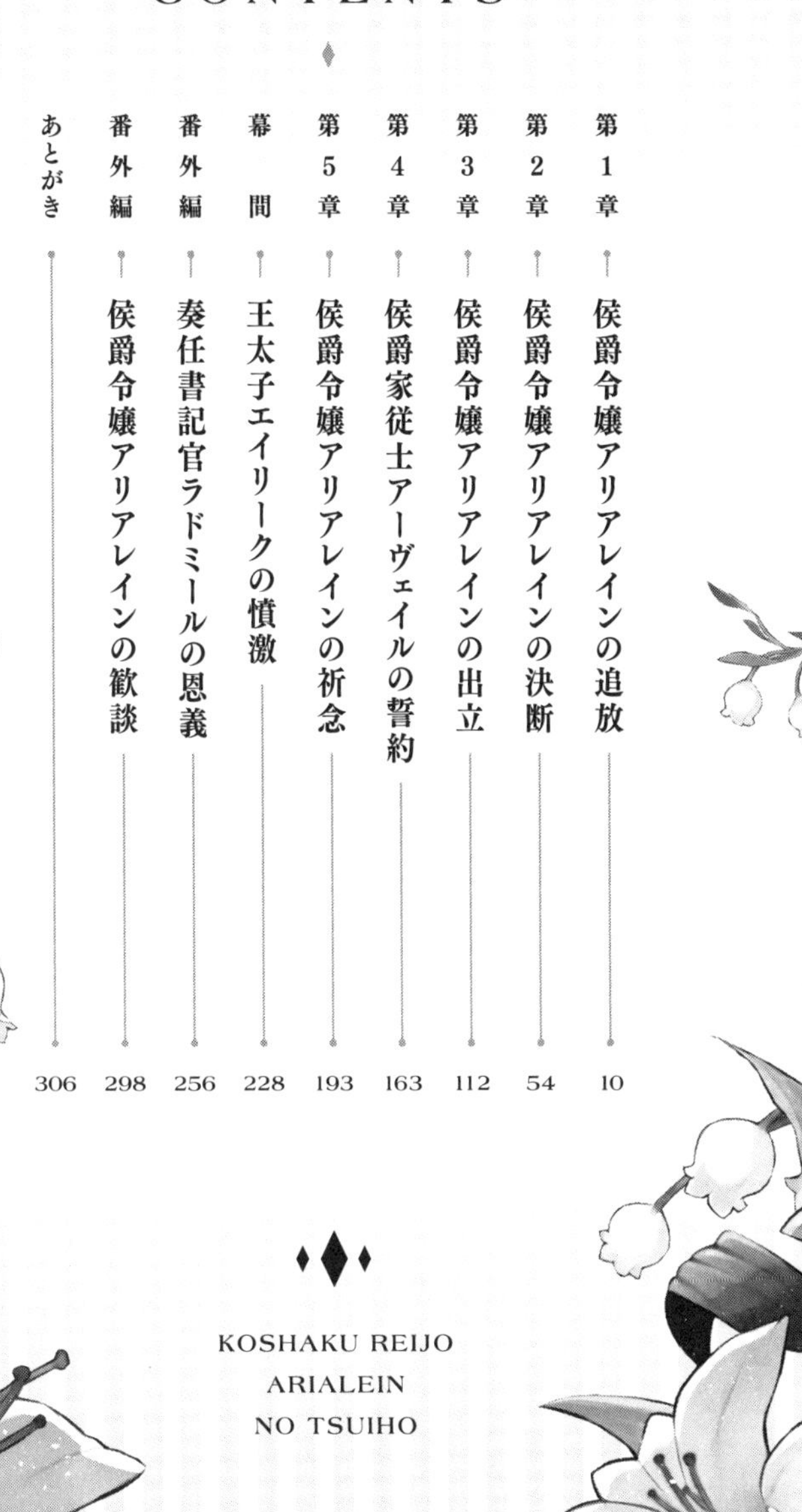

KOSHAKU REIJO
ARIALEIN
NO TSUIHO

第1章 侯爵令嬢アリアレインの追放

KOSHAKU REIJO ARIALEIN NO TSUIHO

「アリアレイン、そなたの近頃の行いは目に余る」

びしり、と指を突きつけて、王太子エイリーク・ナダールは言った。

突きつけられた令嬢――マレス侯爵令嬢アリアレイン・ハーゼンには、動揺した様子もない。

「と申されますと、殿下？」

静かな声で応じ、小さく首を傾げる。

結い上げた黒髪に挿した髪飾りが、シャンデリアの光を映してきらりと輝いた。

小柄な身体ではあったが、すらりと背筋を伸ばして王太子とまっすぐに対峙する姿は、実際よりも一回り大きく見えた。

「この期に及んで白を切ろうなどとは見苦しいにも程があろう！」

その態度に苛立ったのか、王太子の声のトーンが一段上がる。

「クラ――ノール伯爵令嬢とその友人への度を越えた嫌がらせ、身に覚えなしとは言えまいが！」

――そうね、まだこのような場で、名前で呼べる間柄ではないものね。公式には。

名ではなく公的な立場で呼びなおした王太子に、アリアレインは小さく笑みを浮かべた。

王太子の言葉は止まらない。


曰く、ノール伯爵令嬢に刃物を送り付けた。

曰く、伯爵令嬢の友人のひとりに鳥の死骸を送り付けた。

曰く、別の友人には猫の死骸を送り付けた、云々。


友人のひとりは体調を崩して寝込んだという。

「すべてアリアレイン、そなたの仕業であろう！　余が知らぬとでも思ったか！」

ひとつひとつ己の『罪状』を並べ上げる王太子の言葉を聞きながら、アリアレインの笑みは徐々に大きくなっていった。

今や傍目にもそれとわかるほど口角を上げて、しかしその目は――切れ長の、知性と理性を等分に湛(たた)えた灰色の目は、まったく笑っていない。

「殿下、わたしは殿下に、今まで一度たりとも偽りを申し上げたことはございません」

言外に、あなたと違って、という意を滲ませて、アリアレインは答えた。

「ゆえに、まったく身に覚えなしとは申しませんが――」

「そうであろう、そなたはそのような――」

被せるように断定する王太子の言葉を、アリアレインが遮った。

「しかし殿下」

普通であれば考えられないほどの無礼ではあった。

王族の言葉を遮るなど、それだけで不敬と断じられても仕方のないことだ。

だが、美丈夫の王太子は言葉に詰まり、その後ろに隠れるように立つ金髪の令嬢はびくりと身体をすくませた。

一瞬静まり返った広間に、アリアレインの声が響く。

「彼女たちに、なぜそれがわたしの行いと考えたか、お尋ねになられましたか？」

尋ねるまでもなくアリアレインは知っていた。

刃物を送られたのも、家の前に鳥や猫の死骸を置かれたのも、アリアレイン自身であったから。

死骸は丁寧に埋葬し、人を使って出所を調べたのち、アリアレインは送られてきたものの一部を当人に送り返した。

刃物――短刀を送ってきた者には柄に巻かれていた革紐を。

鳥の死骸を置かせた者には鳥の羽根を。

猫の死骸を置かせた者には猫の爪を。

三度目ともなるといい加減面倒になったので、屋敷に控えている影の者を使い、当人の寝室のドアの下に置かせた。

体調を崩したというのは最後のひとりだったから、やはりよほど堪えたのだろう。

アリアレインに言わせれば、覚悟と想像力が足りていない、ということになるのだが。

ともかく、以来、望まない贈り物は途絶えている。最後に送り返してからひと月ほどになるだろうか。

わからないはずがない。さきになにも知らせず送ったものの一部が自分の手許へ戻ってきたのだから。そしてもちろん、そのことを言えるはずがない。そもそもの発端が自分にあるのだから。

——そう言えば。

王太子は、アリアレインがノール伯爵令嬢に望まぬ贈り物をした、と言っていた。もともとそういったものを送ってきたのはみな彼女の友人、いわゆる取り巻きだった。最初のひとりもノール伯爵令嬢本人ではなく、たしかどこかの男爵令嬢だったはず。

ノール伯爵令嬢があの幼稚な嫌がらせを知らなかったのか、あるいは知っていて止めなかったのかまではわからない。ただ、少なくとも、ノール伯爵令嬢は直接関わってはいなかった。

だからアリアレインも、実行した当人への警告以上のことはしていない。ノール伯爵令嬢には何ら関わりのないこととして対応してきたはずだった。

——失敗した嫌がらせをそのまま自分が受けたかのように偽るほどの恥知らずだというのは、想定外だったけれど。

とはいえ、取り巻きたちが始めたことを、一部とはいえ自分で引き取ったのだから、ノール伯爵令嬢にも相応の意思と覚悟があるのだろう。

嫌がらせで動じないと見るや、別の方向から王太子に手を回す手際には、ある種の鮮やかささえある。

「そのようなことが関係あるか、かように陰険な嫌がらせなどそなた以外に思いつこうはずもない！」

王太子の声が広間に響く。

アリアレインは小さくひとつ息をついた。

はずもないも何も、その嫌がらせとやらをわたしに向けた当人は今あなたが庇っているその令嬢のお仲間なのですが、と思っている。

剣技や馬術を能くする美丈夫の王太子は、しかし、飛び抜けて賢いわけでもなければ取り立てて人を見る目があるわけでもなかった。

幼い頃に決まった婚約で、殿下に欠けるところあらばお前がしかと支えよと父である侯爵には言い含められてきた。

アリアレインもそのつもりで懸命に学び、２年前に宮廷と執政府に出入りするようになってからは王太子に様々な助言を、あるいは諫言をしてきたものだ。

どうやらそれが王太子の自尊心をいたく傷つけているらしい、と知ったのは1年ほど経ってからだった。

王や王太子とて完璧な人間ではない。だからこそ諸卿や将軍をはじめとする補佐役がいる。

将来の王妃たる自分もそのひとり、ゆえに助言や諫言は己の義務のうち。

王太子を支えるというのはそういうこと、とアリアレインは考えていた。

王太子にとってはそうではなく、周囲のすべては自分にかしずかねばならない、そうでなければ王としての権威が保てない、ということのようだった。

当然ながら反りが合うはずもなかった。

ノール伯爵令嬢はそんな王太子にとってちょうどよかったのだろう。

半年とすこし前に知り合ったふたりは急速に距離を縮めていた。

王太子でありいずれは王となるからには、自分ひとりが独占することなどできない、とアリアレインもわきまえてはいる。

反りが合わぬとなれば尚更のことで、無条件に慕い、癒してくれる存在というのは人として必要なのだ、とも思ってはいた。

ただ、それも公的な側室なり半公認の愛妾なりといった形であればの話で、婚約者を婚約者のままに置いておきながら断りもなく別の令嬢に手を出すなど、通常ならばあり得ないことだった。

ノール伯爵令嬢を紹介してくれるよう、それとなく王太子に頼んだものの、疑うのかと逆になじられ、アリアレインはすべてを諦めた。

ここ3か月ほどはパーティでのエスコートすらおざなりで、今日はついに堂々とノール伯爵令嬢の方をエスコートしてきたのだから、疑うもなにも、というところではある。

「この上なにか申し開きはあるか？」

——どうせ聞く耳などないのでしょうに。

ため息をついて、アリアレインは緩やかに首を振る。

「ございません、殿下」

「そうであろう」

満足そうに頷き、心なしか胸を反らせて、ゆっくりと王太子は言った。

「マレス侯爵令嬢アリアレイン・ハーゼン、そなたとの婚約を、ただいまこの場で解消する」

アリアレインにとっては、まったく予測どおりの宣告だった。

「御意のままに、殿下。謹んで婚約の解消を承ります。父にもその旨申し伝えます」

落ち着き払った返答が、また王太子の神経を逆撫でしたのかもしれない。

「――アリアレイン、かように罪を重ねながら詫びの一言もなく反省の様子も見せぬなど、そなたはこの国の貴族たるに相応しくない」

王太子の言葉に、なにかを察した侍従が、殿下それは、と近寄ろうとした。

「ええい黙れ！　アリアレイン、そなたを追放刑に処す！」

叫ぶ王太子に、アリアレインは言いようのない絶望感を抱いていた。

――ここまでとは。

だが、ゆっくりと絶望感に浸っている暇も、アリアレインには与えられていなかった。

左後ろにひざまずいて控えていた従士が、見ずともわかるほどの殺気とともに立ち上がろうとするのを手ぶりで制し、控えなさい、と小声で命じる。

「追放のお下知、たしかに承りました。ひとつだけ、お慈悲を賜りたく存じます」

つとめて平静な声で言う。顔は上げなかった。

いまの自分の表情を王太子に見せてはならない、と思ったから。

「よい、言ってみよ」

余裕を取り戻した王太子が鷹揚に答える。

「5日——いえ、3日の御猶予を賜りたく。追放となれば、屋敷の使用人たちにも暇を出さねばなりません」

ふむ、と満足そうに王太子が頷いた。

「許そう。3日後の夕刻をもってそなたは追放。皆もそのように知りおけ」

アリアレインは黙って頭を下げ、次いで怒りのあまり顔を蒼白にしている従士に視線を向けた。

「帰るわ、アーヴェイル。エスコートなさい」

立ち上がる一瞬でその表情から怒りを吹き消した従士が、優雅な手つきでアリアレインの手を取る。

その場の皆の視線を集めたままゆっくりと広間の扉まで歩き、アリアレインはくるりと振り返って見事に一礼した。

そのままドレスの裾を翻して広間を出たアリアレインは、馬車に乗り込むまで二度と振り返らなかった。

走りだした馬車の中で口を開いたのは、アーヴェイルと呼ばれた従士だった。

「なぜあっさりと受け入れられたのですか、お嬢様」

均整のとれた身体つきに焦茶の短髪、深い緑の瞳。

普段は落ち着いた優しげな声が、今は硬い。

整った顔立ちの奥に、まだ怒りが燻(くすぶ)っているようだった。

「王太子にして摂政殿下の仰せですもの。お似合いだと思うわよ、あのふたり」

「そちらの話ではありません」

「それだって殿下の仰せじゃない。だいたい、わたしが何を言っても聞こうとしなかったのよ。今更ちょっと殊勝にしてみせたくらいで――」

アーヴェイルと向かい合って座ったアリアレインが肩をすくめた。

まあそれはそうかもしれませんが、と、そこはアーヴェイルも認めざるを得ない。

「そもそも侯爵令嬢と王太子の婚約解消を『そちらの話』呼ばわりなんて、ねえ?」

「話をはぐらかされたのはお嬢様ではありませんか」

からかうように話題を変えたアリアレインに、アーヴェイルがまた渋面になる。

「――時間の問題でした。釣り合わぬ婚約だったのです」

「耳が痛いわね、これでも一応あなたの主家の一員なのだけれども」

「そちらの話ではありません」

不機嫌さを隠そうともせずにアーヴェイルが応じた。

「お嬢様『に』釣り合わぬと申し上げております」

わかっておいでのでしょう、と言いたげな表情だった。

「──不敬よ、その言いぐさは」

ふい、と視線を窓に逸らしてアリアレインが言う。

口にした言葉ほどには責める口調ではなかった。

「敬うべきものを敬わぬから不敬なのです」

「今の言いようがいちばん不敬ね」

くすくすと笑ったアリアレインが視線を戻した。

「じゃあ、『そちら』じゃない方の話をしましょうか。屋敷に帰ったら、支度を始めなければいけないわね。戻ったらすぐに全員を集めて。わたしから話をします」

「屋敷には既に人をやりました。ひとまずは広間に集まるようにと伝えてあります」

馬車に乗り込んだとき、アーヴェイルは随行してきた従僕のひとりを屋敷に走らせていた。

そういえばわたしを乗せたあとで何かやり取りしていたわね、とアリアレインは思い出す。

「さすがね、アーヴェイル」

「屋敷の者たちに暇を出さねば、と仰いましたから」

当然です、とでも言いたげに応じたアーヴェイルが、声のトーンを一段落とす。

「──お嬢様、本気なのですか？」

「皆に説明をしなければいけないのは本当。あとはまあ、時間稼ぎね。咄嗟に思いつけたそれらしい口実があれくらいしかなかったのよ」

「やはりわかりません、お嬢様。どう考えても謂れのない処断です。なぜ──」

ふ、と息を吐き出したアリアレインが首を振った。

「それはいいの。綸言汗のごとし、と言うでしょう。あの場で口に出してしまったら、殿下は取り消せないわよ」

「御自身では取り消せないでしょうが、お嬢様が頭を下げてお慈悲を、と願うならば」

「そうかもしれないわね。でも、わたしに詫びるような謂れはないもの。理のない断罪に許しを乞うて下げるほど、わたしの頭は安くないのよ。それに、アーヴェイル、あなた気付いた？」

「何にですか？」

「わたしが王国の貴族たるに相応しくない、と言ったとき、侍従がひとり、止めに入ろうとしたわよね」

「ええ、たしかに」

「ということはつまりよ、あれはあの場での思いつきなの。少なくとも、重臣たちや周囲の侍従に話は通っていないわ。事前に決めて、周りにも話を通していたならば、あの場で侍従があんなことをするはずがないもの」

「思いつきならば尚更です。そのようなことで大功ある侯爵の令嬢を」

「言ったでしょ、思いつきだろうと何だろうと綸言は綸言。口に出してしまったからには『やっぱり間違っていました、ごめんなさい』なんて言えやしないわよ」

「しかしそれではあまりにも」

「大事なのはね、アーヴェイル、あれが単なる思いつきか、そうでなくても周りには話が通ってないってことよ。何の準備もしてないわ。追放するにしてもあれこれと根回しや準備は必要なのに」

「そうかもしれませんが――。では、そうだとして、この後はどうなさるのですか？」

尋ねたアーヴェイルに、アリアレインはにこりと笑って応じた。

「決まっているわ。あの男はね、」

アリアレインの灰色の目がぎらりと剣呑な光を帯びる。

「わたしと父上と、マレス侯爵家を侮ったのよ。追放刑と言って脅せば畏れ入って許しを乞うだろう、自分にひれ伏すだろう、と」

こういうときのお嬢様が、とアーヴェイルは思った。

倒すべき敵を見つけたときのお嬢様が、いちばん生き生きとしておられる。

それはアリアレインが王太子から隠そうとした表情だった。

「おじい様に教わったの、こういうときにはどうすべきか」

「先代様はどのように？」

「マレス侯爵家は尚武の家だ、その侯爵家が最も避けるべきこととは何か、とお尋ねになられたのよ。もう十何年前かしらね、わたしがまだほんの子供の頃のことだけれども」

「どうお答えになられたのですか」

尋ねながら、アーヴェイルにはおおよその想像がついている。

「負けることでしょう、と答えたわ」

幼かったアリアレインの答えは、アーヴェイルの想像そのものだった。

正解だったのでしょうか、と目顔でアーヴェイルが問う。

「おじい様はね、勝つに越したことはないけれど、勝ち負けはどうにもならないことがある、と。それより大事なのは、侮られないことだ、と仰ったのよ。要らぬ血を流さず、ただ武威をもって安寧をもたらすことこそが尚武の家の役割だ、と」

「そのためには侮られぬことが肝要、ということですか」

「まさに。侮られたならば理解させてやらねばならぬ、とね」

冷静で理知的な侯爵令嬢、というのが、アーヴェイルの知るアリアレインの世評だった。

だが、冷静で理知的な侯爵令嬢がけっして浮かべてはならない表情を、今のアリアレインは浮かべている。

背筋をなにかが這い上がる感覚を意識しながら、アーヴェイルが尋ねた。

「戦われるのですか？　であれば、近衛のマレス騎士館に人を――」

「今は駄目よ。王都を焼くわけにいかないし、ここで戦っても勝ち目はないもの」

「では――？」

「やりようはあるわ。わたしに3日の猶予を与えたことを後悔させてやりましょう。アーヴェイル」

「はい」

「忙しくなるわよ」

「――はい」

いつものように馬車が屋敷の門をくぐり、いつものように車寄せへ止まる。

いつものように近寄ってきた従者たちの顔は、いつもよりも随分と緊張していた。

「ご苦労様。最低限の人数だけ残して、広間に集まってちょうだい。馬車や道具の片付けはあとでいいわ」

アーヴェイルに手を取られて馬車から降りながら、アリアレインが従者たちに声をかける。

従者たちは黙ったまま、腰を折る丁寧な礼で応じた。

屋敷の本館の扉を開けた従者たちにも、あなたたちもね、と付け加える。

普段静かな館の中には、小さなさざめきとあちこちから聞こえる足音が満ちている。

アーヴェイルが伝えた集合の号令は、もう屋敷の隅々まで行き渡っているようだった。

緊張しながらどこか浮ついた空気。

統制され、同時になにかに憑かれたような。

なにに似ているのだろう、と記憶の底を探っていたアーヴェイルは、戦の前の幕営地のそれと同じ空気であることに思い至った。

——今は駄目、でもやりようはある。

馬車の中で、美しい顔になにかを滾(たぎ)らせながらお嬢様はそう言った。

なにをどうやって、と不安に感じるところがないではない。

だが、忙しくなる、ともお嬢様は言っていた。

既にお嬢様の頭の中で、段取りは組み上がっている、ということだ。

それがどのようなことであれ、と、アリアレインに従って廊下を歩きながら、アーヴェイルは思う。

自分はお嬢様を、全力でお支えするのみなのだ。

王太子エイリークの思惑

午後遅くから開かれたパーティを夕刻で中座した王太子エイリーク・ナダールは、ノール伯爵令嬢クラウディア・フォスカールを伴って王城へ戻った。

これまでであれば、外出した先でクラウディアと会うことはあっても、無紋の馬車でフォスカール家の王都邸へ送り返していた。フォスカール家と、そして自身の婚約者への、一応の遠慮だった。

だが、その婚約者は――マレス侯爵家の令嬢は、もういない。

クラウディアをすぐさま婚約者として扱うことはなくとも、私的な客人として遇することに、エイリークは何ら抵抗を感じていなかった。

王城内に設けられた王族のための一画に、エイリークは自らクラウディアを案内する。

行き会う使用人や侍従たちが一様に丁寧な礼を捧げ、クラウディアはいちいち優雅な会釈でそれに応じた。

あとでクラウディアの立場を侍従の誰かに教えてやらねば、とエイリークは思っている。

ひとまずは私的な客人として。いずれは婚約者として。

王族の私的な客人を招くために設けられた応接室の前で、エイリークとクラウディアは思わぬ相手と顔を合わせた。

「殿下」

ほんの一瞬だけ顔に浮かんだ怪訝(けげん)そうな表情を柔和な笑顔でかき消して呼びかけたのは、大臣のひとり。

「内務卿か。一体どうした。――クラウディア、すまぬが中で待っていてくれ」

ややこしい話になるのであれば、クラウディアに聞かせるわけにはいかない。

立ち話も長くなればただ待たせるだけになってしまう、ということもある。

はい、と簡潔に応じたクラウディアが内務卿に会釈して、侍従が開いた扉から応接室へ足を踏み入れる。

エイリークはクラウディアに視線を送り、それから中にいた侍従に軽く頷いてみせる。その所作とわずかな視線の動きだけで、クラウディアには茶菓が供されるはずだった。

扉が閉められるのを確かめてから、エイリークは内務卿に向き直る。

「陛下の御加減は、と伺いに参ったのですが」

うっすらと笑みを浮かべたままの表情で、内務卿はそう切り出した。

「――お変わりはない」

簡潔な一言は嘘とは言えなかったが、事実のすべてを語っているわけでもない。

父王は2年前に倒れて以来、ほとんど床から離れられなくなってしまった。

記憶も物事の認識も曖昧になり、政務を執ることができる状態にない。

だから、法と典範の定めるところに従って、エイリークが摂政として国の政務を切り回している。

その状況は変わっていない――だが、容態はじわじわと悪化している。

もう王に残された時間は、年よりも月で、ひょっとしたらもっと小さな単位で数えなければいけないものであるのかもしれなかった。

そのようなことを大臣とはいえ、臣下に話せるはずもない。

さようでございますか、と内務卿は悲しげな表情で首を振った。

「ところで殿下、先ほどの女性は――？」

「ノール伯の息女だ。ハーゼンの娘とは、」

半拍置いて内務卿に視線を向け、エイリークは宣言した。

「――縁を切った」

その返答に、内務卿は、ああ、と笑みを大きくして頷いた。

「陛下のお選びになったご婚約者様を悪く申すわけではございませんが、殿下、よいご判断かと」

エイリークがうむ、と頷く。

「頭は回る。弁も立つ。だが、将来の王妃として最も求められることが何であるかを、あれは理解しておらなかった」

「まさしく、さようでございますな」

　柔和な笑顔の内務卿が、わかっております、とでも言いたげに応じた。

「そのようなわけだ。婚約は解消した。ノール伯の息女――クラウディアを、余の新たな婚約者に、と考えておる。無論、伯には話を通さねばならんが」

「よいご人選かと」

　内務卿がそう言って頷き、付け加えた。

「ノール伯爵にお話をされるのであれば、殿下、早い方がよろしゅうございましょう。人の口に戸を立てられるものではございませぬ。噂の形で伯爵の耳に入れば、何かと――」

　ノール伯爵とて人の親である。相手が王太子とはいえ、娘の婚約を噂の形で知るようなことがあれば、心穏やかにいられるものではない。内務卿は、そう指摘していた。

「無論だ。すぐにも屋敷へ人をやらねばならんな」

　ではわたくしが、と内務卿が応じた。

「殿下のお名前で、ノール伯爵の屋敷に使いを出しましょう。ただちに登城するよう、と」

　一礼して立ち去る内務卿を見送りながら、エイリークはひとつ息をついた。

　いまひとつ読めない部分のある重臣。

　重責の職務を大過なくこなし、言葉も態度も王室への忠誠を表してはいるが、その内心までを見せることはない。程度の大小はあれど、それが内務卿をはじめとする諸卿に対する、エイリークの評価だった。

——御加減を伺いに、か。

内務卿をはじめとする重臣たちは、けっして口に出して言うことはない。だが、言葉を変えればそれは、崩御の時期とその影響を見定めようとしている、ということでもある。

宮廷内のちょっとした噂話、侍従がつい漏らす一言。

謁見すらままならない現状では、そういった断片的な情報であっても貴重、ということなのだろう。

そのような情報を欲するのは、国政そのもののためでも、父王を気遣ってのことでもない。

崩御によって国政と宮廷の勢力図のどこがどのように変わるかを推し測り、己の味方をどのように増やし、対立する者たちの勢力をどう削るか。そういったことを考えているに違いなかった。

不敬であり不遜であると言うほかはない。

エイリークにしてみれば、不快極まる話でもあった。

だが、いずれエイリーク自身が王となり、強い王室を——諸卿や高位貴族たちの思惑に左右されない王室を作り上げるためには、そのような者たちをも使いこなさねばならない。

父王はその方法をエイリークに教える前に病に倒れ、起き上がることのできない病床にある。

——そうであれば、己ひとりでやるしかないのだ。

信頼を置ける者は誰か。

余計な口を挟まぬ者は誰か。

分に余る思惑を抱かぬ者は誰か。

臣下の中から、有能で、それでいて我欲と危険の過ぎない者を見定めねばならない。

婚約者の立場にありながらそれを理解せず、事あるごとに口を挟もうとする侯爵家の娘など、エイリークの目指すところからすれば、邪魔にしかならない相手だった。

婚約の解消を、よい判断、と内務卿は言い、クラウディアとの婚約を、よい人選、と言った。

無論それも、内務卿なりの思惑があってのことだろう。

婚約の解消に端を発して宮廷がどのように動くかを、重臣たちは見極めようとするに違いない。

新たな婚約者の選定に関しても、同じような興味を抱くことだろう。

父王の容態を知ろうとするのと同じように。

そして父王の崩御に伴って何が起きるかを考えているのと同じように。

では自分はこれから何をすべきか、とエイリークは考える。

決まっている。

婚約の解消と侯爵令嬢の追放を梃子にして、宮廷を作り替えるのだ。

エイリークの視線の先、長い廊下の角を曲がって、内務卿の姿は見えなくなった。

もうひとつ息をつき、知らず知らずのうちに険しくなっていたらしい表情を改めて、エイリークはクラウディアを待たせている部屋に入っていった。


広い応接室に通されたクラウディアは、侍従に言われるままにソファに座った。

待つほどもなく、侍女が紅茶と焼き菓子を運んでくる。

失礼いたします、という言葉とともにテーブルに茶器が置かれた。ソーサーと柄を合わせた彩磁のカップからは、湯気とともに新鮮な果物のような香気が立ちのぼっている。

一口だけ口をつけると、鮮烈な香りとともに、特徴的な渋みが感じられた。

――南方ものの春摘み茶。

遠く国の外から運んでくるために高価、というところもさることながら、その希少性のゆえになかなか出回ることがない。地味な贅沢を愛してやまない父が幾度か手に入れて、いわば教養の一端にするために振る舞ってくれたことはある。だが、貴族の令嬢が集うお茶会でもそうそうお目にかかれない品だった。

王太子の私的な客人になる、ということがどういうことであるのか、改めて理解させられた気分になった。

高揚感よりもむしろ、緊張感が先に立つ。

とはいえこれも自分が望んだこと、とクラウディアは自分を納得させた。

クラウディアが王太子と知り合ったのはほんの偶然の出来事だった。

半年ほど前、婚約者であるマレス侯爵令嬢が急遽出席できなくなった夜会で、誰もが遠慮して声をかけなかった王太子に、クラウディアから声をかけたのがきっかけだった。

　その折も、さほど多くの言葉を交わしたわけではない。

　クラウディアには遠慮が——王太子に対してもその婚約者に対しても、遠慮があった。加えて、王太子も、あまり多くを語ろうとはしなかった。

　ただ、そのときの王太子がひどく疲れていて、しかもそれをどうにかして隠そうとしているということはおぼろげながら理解できた。その理由にも、察しがついた。

「重責を担われての日々、僭越ながら心中をお察しいたします。殿下、どうかご自愛を」

　短い会話の最後、周囲に聞かれぬよう、低い声でそんなことを言ったことを、クラウディアは憶えている。一礼して顔を上げたとき、王太子の顔に浮かんでいた表情を忘れることができない。

　——己をただ労わってくれるお相手が、この方にはおられないのだ。

　そのように考えたのは、クラウディアの直感でしかない。

　不遜な憶測だ、とも思った。だがそれ以上に、王太子の表情が——心の奥に畳み込んだ何かに触れられた驚きと、そしてかすかな喜びの入り混じった表情が、クラウディアに確信を抱かせたのだった。

　王たる者は孤独だという。

　何もかもを最後には自分で決め、その結果を引き受け続けなければいけない。

　助言を受けることはできても、誰のどの助言を採り上げるのか、決めるのは王ひとりだ。

　父君である陛下が倒れ、急遽摂政に就任されてから1年半。正式に戴冠こそしてはいないが、陛下の代理としての日々は、ある意味で陛下以上に孤独な、重圧を感じながらの日々であったに違いなかった。

マレス侯爵令嬢は、助言者としては申し分ない人物だった、とクラウディアは思う。クラウディア自身が並び立つことなど考えようもないほどに、あの令嬢の俊才ぶりは際立っている。

若くして――クラウディアと変わらぬ年頃であるにもかかわらず、侯爵家の王都における名代。

それも名目のみのものでなく、実際に実務を切り回していると聞く。

どれほどのものか定かにはわからないけれど、いつも忙しくあちこちと出歩きながら仕事をしている父を――伯爵を見ていれば、侯爵家の名代という立場がどれほど忙しいか、そしてその職責がどれほど重いか、ということはわかる。

自分と変わらない年頃でそれをこなしてしまう、しかも陛下に選ばれた殿下の婚約者。自分が及びもつかないほどの俊才。

――でも。

殿下のお心に寄り添うことはできない。

そうであれば、殿下があのように苦しげなお顔をなさるはずがないのだから。

殿下やその婚約者といえどひとりの人間で、だから好悪の感情や合う合わないの相性の問題はある。

それはもうどうしようもないことなのだから、ひとりで足りないのならば誰かが補えばよい。もし自分が補えるのであれば、と、クラウディアは考えていた。

側室であれ何であれ、それが殿下とあの令嬢を支えることになるのなら、それもひとつの道だと思っていた。

つい最近までは。

クラウディアが考えを改めたのは、ひと月ほど前のことだった。

その頃、友人たちが——王太子と知り合ってから広がった交友関係の、そう付き合いの長くない令嬢たちが、侯爵令嬢に幼稚な嫌がらせをした、ということがあった。

ことは既に済んでいた。事前に知っていれば止めることもできただろうが、もう実行に移したあととなっては、クラウディアにできることなどほとんどありはしない。

柄巻きの革紐と封筒に入れられた鳥の羽を持ち込んだふたりの令嬢を前に、正直なところ、クラウディアは閉口する気分だった。

なぜそのような幼稚な手段に訴えたのか。当然のように意に沿わぬ結果に終わったその話を、なぜ自分のところへ持ち込むのか。なにもかも、クラウディアの理解の範疇を超えていた。

断片的で要領を得ない話をふたりの令嬢からどうにか聞き出して整理しなおすと、嫌がらせをした令嬢はもうひとりいて、そのひとりはショックのあまり家から出られなくなってしまったらしい。

「これが——」

差し出されたのは封をされていない封筒。香水を散らしてあるのか残り香か、ふわりと柑橘を思わせる爽やかな香りがした。ベルガモットにシダーウッドあたりかしら、と当たりをつけながら、封筒の中を覗き込む。

　動物の爪のようなものが見えた。

「これは？」

「猫の、だと、思います。私のところには、鳥の羽が届けられましたから……」

　震えの混じる声で片方の令嬢が説明した。

「あの侯爵令嬢なら、やりかねませんわね」

　ため息とともに告げる。

「他にこのことに関わった方は？」

「……存じません。私たちが知っているのは、３人だけです」

「彼女も侯爵家の名代です。出所を調べるくらいのことはするし、できるでしょう。殿下に御注進などされてしまわなかっただけ、むしろ運がよかったかもしれません」

　反りが合わないとはいえ殿下の婚約者、王族の関係者であることに変わりはない。

　表沙汰にされてしまえば、きついお叱りくらいで済むような話でもなくなってしまう。

　遠回しに浅慮を咎めるクラウディアの言葉に、びくりと身を縮めた令嬢たちが、何かを思い出したかのように顔を見合わせた。

「――クラウディア様、その封筒が置かれていたのは、寝室のドアの下だった、と」

　クラウディアの背筋を、冷たいものが走った。

　――苛烈に過ぎる。

実行者を調べて送り返すまではまだ理解できる。ことを公にせず、しかし自分はすべてを把握している、泣き寝入りなどする気はない、ということを理解させる手段として、選択する余地がある。

だが、寝室のドアの下、というのはどうか。

その気になればいつでも寝室に——人がいちばん無防備になる場所に、手の者を送り込めるのだ、という誇示に他ならない。平たく言えば「これ以上続けるならば、自分はいつでもお前を殺せるのだ」と言っているのと同じことだった。

あの小柄な侯爵令嬢の、灰色の瞳を持つ切れ長の目が思い出された。

何もかもを見透かすような、美しく静かで、底の見えない、冷たい目。

憎むでもなく恨むでもなく、ただ必要だから、それが最も目的に近い手段だから、それを選んだ。

——彼女を正妃の地位に就けてはならない。

クラウディアはそう確信した。

必要とあれば躊躇(ちゅうちょ)なく脅迫の刃を抜く。おそらく彼女にとっては、暴力も同じことだろう。

必要かつ有効な手段であれば、そしてその手段を自分が用いうるのであれば、どのようなことであっても実行できる。それはたしかに、為政者として有用な資質ではあるのかもしれない。

だが、その蛮性も冷徹さも、王妃として——王の最も側近くにある王妃として、相応しいものだとは到底思えなかった。王妃の世評は、それがそのまま王の、つまりはエイリーク殿下の世評ともなる。敵対者を容赦なく誅する暴虐な王としての世評を、殿下が望むだろうか。

婚約者の座を——将来の正妃たる婚約者の座を奪い取ることをクラウディアが決めたのは、その瞬間だった。婚約者としてのマレス侯爵令嬢を排除する。己がそのあとに座る。

婚約者として、そして正妃としての自分の役割は決まっている――重責に喘ぐ殿下のために、絶対的に安心できる場所を作り、お支えすること。ただそれのみだ。

助言者であれば諸卿をはじめとする宮廷貴族や父のような領主貴族たちがいる。自分の差し出口など必要ない。もの言わず、ただ静かに殿下を待ち、お話を聞いて、少しでも日々の重圧を忘れられる時間を作る。

自分にならばそれができる。そうクラウディアは考えたのだった。

そして、マレス侯爵令嬢を排除するのであれば今しか――婚約者としての立場が微妙なものになっている、今しかない。

「わかりました。このことは、私が預かります。でも、ひとつだけ、約束してくださる？」

どのようなことでしょうか、と小さな声で令嬢のひとりが尋ねた。

「絶対に――私に相談したことも含めて、絶対にこの件は口外しないように。あなたたちがなさったことも、私に相談したことも、何があろうとすべてを胸に秘めて、お墓の下まで持って行って。そう誓うのであれば、あなたたちにこれ以上の災いが起きないよう、手を打ちましょう」

こくり、と、誰かの喉が小さく音を立てた。

令嬢たちの怯えと緊張が、クラウディアにも伝わってくる。

「――誓えますか？」

静かな声で、クラウディアが問う。

もう一度顔を見合わせて、誓います、と令嬢たちは言った。

その様子を見て、クラウディアは、望み薄だと悟った。己自身の心から出るものではなく、他者の顔色を見て決める誓いなど、当てにならないこと甚だしい。

具体的なことは何一つ話すわけにいかない、と考えながら、クラウディアは席を立った。

「あの――どちらへ？」

もう話は終わりか、とでも言いたげな表情を浮かべて、ひとりが尋ねた。

「言ったでしょう、手を打ちます。あなたたちにこれ以上悪いことが起きないように。ですから、安心して待っていてくださいね」

愛想よくにこりと笑い、クラウディアは扇子で口許を隠して、目にほんの少しだけ力を込めた。

「――それとも、どのような手を打つのか、お知りになりたくて？」

慌てたように目の前のふたりが首を横に振る。

「そう。では、このことはお忘れくださいな」

微笑んで頷き、会釈をして、クラウディアはその場を立ち去った。

次に王太子に会った折、クラウディアは令嬢たちから受け取った品々を持参した。
それらが自分たちに向けられた嫌がらせの証拠であると告げ、このようなことをする者をお側に

置くべきではありません、と訴えたのだった。

「事実ならば、クラウディア、あの侯爵令嬢を排するには十分な事情となろうが」

クラウディアが細かな部分をぼかして伝えたがために、王太子の返答は今一つ断定的なものではない。

「ここにあるものが証でございます、殿下。それに――」

「なんだ?」

「かの侯爵令嬢はこう言っているも同然でございます。『侯爵家の手の届く場所で気を損ねるようなことがあれば、いつでも』と。そのようなことをする者が王妃となれば、何が起きましょうか」

侯爵家であれば領地とせいぜいが王都まで。だが、王室の中に入り、王妃としての権を握れば、同じことが全土で起こりうる。彼女は斟酌も忖度もなく、手際よく鞭を振るうことだろう。

「――クラウディア」

短い沈黙のあと、顔を上げた王太子は、低く重い声でクラウディアの名を呼んだ。

「はい」

「これから言うことは、しかるべき時までけっして口外してはならぬ」

言葉を切った王太子は目を閉じてひとつ息をついた。再び目を開き、クラウディアの目の奥を覗き込むようにして問いかける。

「誓えるか」

「はい、殿下、わたくしの命と名誉にかけて」

藍色をした王太子の目を正面から見返して、クラウディアは応じた。

「そなたの言うとおりだ。あれは余の婚約者として――次の王妃として相応しくない。ゆえに排さねばならぬ」

「お聞き入れくださり、ありがとうございます、殿下」

「そなたはあの侯爵令嬢のようなことはせぬと、余は信じておるが」

「誓って、さようなことはいたしませぬ」

「ならばクラウディア、これからはそなたが余の側で、余を支えてくれ」

「はい、殿下、御意のままに」

一礼して顔を上げたクラウディアは、決意の籠もった笑顔で付け加えたのだった。

「クラウディアは嬉しゅうございます、殿下」


かすかな音を立てて、応接室の扉が開かれた。

部屋へ入ってきた王太子は、いつものように優しげな笑顔をクラウディアに向けてくれた。

そのまま、という王太子の手振りに気付かなかったふりをして、クラウディアは立ち上がり、一礼する。

「待たせてすまなかった、クラウディア」

「いいえ、殿下。どうかお気になさらず」

内務卿がどのような人物で、どのような話を交わしたのかを、クラウディアは尋ねなかった。

「いちいち立たずともよいのだ、そなたは余の客人なのだから——食べていなかったのか？」

王太子の視線の先には、小皿で供されたままの焼き菓子がある。

「同じいただくのならば、ご一緒に、と思ったものですから」

「かえって気を遣わせてしまったか。城勤めの菓子職人の作だ、遠慮は要らない」

手振りで座ってくれ、と示しながら、王太子自身もソファに腰を下ろす。

ほどなく運ばれてきた茶に口を付けてから、王太子は告げた。

「そなたの父君をここへ呼んだ。本来、こちらから出向くべきなのかもしれぬが」

いいえ、とクラウディアが首を振った。

「父も殿下のお呼びとあれば、すぐに参じましょう。これまではお忍びでしたから、いささか驚くかもしれませんが」

クラウディアの父であるノール伯爵への、正式な婚約の申し込み、ということは、既に暗黙の了解だ。

「父君は、その——どのような？　世評は聞こえてはくるが、どのような人物かはよく知らぬのだ」

「おおよそ世評のとおりの人物ですわ、殿下。ただ、領民からは慕われておりますの。家族と領民に要らぬ苦労をさせたことがないことだけが自慢、と、父はよく申しております」

そうか、と頷いた王太子の左手で、なにかが光る。

その光の正体に気付いたクラウディアが、王太子の手を取った。

「いけませんわ、殿下。もう失われた約束の、その証などを身に着けておられては」

小声で言いながら、するりと指輪を外す。

「ああ、すまない、クラウディア。そなたの言うとおりだ。これはすぐにも処分させよう」

壁際に控えていた侍従に王太子が頷き、歩み寄ってきた侍従に指輪を手渡して、片付けておけ、と短く命じる。

それだけで察したらしい侍従は、一礼して部屋を出て行った。


その日の夜、王城へ呼び出されたノール伯爵ルドヴィーコ・フォスカールは、ひどく緊張していた。

登城せよ、という王太子の命は唐突なもので、なぜ呼び出されるのか見当がつかないからだった。

呼び出されそうな事情が――たとえば、王室への隠し事が、ないと言えば嘘になる。だが、フォスカール家のそれは、貴族の誰もが抱えるような些細な秘密に過ぎない。

そう考えるとますます呼び出される理由がわからなかった。さりとて王太子のお召しとあればすぐさま出向かぬわけにもいかない。

王城へと向かう馬車の中で、ルドヴィーコは肥満した身体を神経質に揺すり続けていた。

家紋を印した馬車が王城の跳ね橋に差し掛かると、橋を守る兵士は何も言わずに道を開けてくれた。

普段ならば馬車の中を検（あらた）められ、登城の用向きをこと細かに尋ねられるところだ。

すべて話は通っていると言わんばかりの対応も、兵士の丁重な態度も、常のそれとはかけ離れている。

ルドヴィーコとしては喜ぶべきところなのかもしれないが、事情もわからず呼び出された身にはかえって薄気味悪いとしか感じることができなかった。

控えの間に通されても気が休まらず、ルドヴィーコは秋の夜だというのに吹き出てくる汗を拭い続けている。

部屋の中をうろうろと歩き回らないのは、辛うじて働かせた自制心と自尊心の為すところだった。

案内役の侍従が部屋に現れ、こちらへ、と先導する先は、公的な面会に用いられる謁見の間ではなかった。

私的な用向きに使われる一画で、どちらかと言えば個人的な、あるいは内密な話の場だ。

やはり理由がわからない、と思い悩む間に、もう扉が目の前にあった。

ここまで来たならばどうとでもなれ、と腹を括ったルドヴィーコが、ひとつ咳払いをして案内役に頷く。

「ノール伯爵ルドヴィーコ・フォスカール閣下、王太子殿下のお召しにより登城なさいました」

案内役が声を張る。

「よい、入れ」

扉の向こうから、王太子の声が応じた。

一礼して案内役が開けた扉の先に足を踏み出そうとして、ルドヴィーコは固まった。

なぜここに娘がいるのかが理解できなかった。

「何を立っておる、入れ、ノール伯」

王太子が鷹揚に促す。

その声に引き摺られるように、ルドヴィーコは部屋の中へ足を踏み入れた。

「お召しにより参上いたしました、殿下」

挨拶をした声が、少々上ずっていたかもしれない。

くつろいだ態度でソファに腰かける王太子の隣に、娘のクラウディアが座っている。

領地経営と公務で忙しく、家のことは妻に任せきりという状況ではあったが、こういうことになっているなどとはまったく知らされていなかった。

なぜこのような、殿下には婚約者がおられたのでは、とルドヴィーコの頭の中を疑問が駆け巡る。

「クラウディアに――娘にお目を掛けていただいておるようで、恐縮の限りでございます。なにか失礼などは」

取り繕うようにではあっても、どうにか言葉を押し出したのは、ルドヴィーコ自身が重ねた年の功によるところが大きい。

「失礼などない、よく話を聞いてくれる。よい娘御を持ったな、ノール伯」

頷いた王太子が答える。

は、ともう一度恐縮するルドヴィーコに、王太子は、まあ座れ、と向かいの席を手で示した。

失礼いたします、と一礼して応じ、ルドヴィーコが腰を下ろすと、全員に紅茶が運ばれてきた。

こういった席で供されるからには最高級のもののはずだったが、ルドヴィーコには香りがまったく感じられなかった。

「それで、ノール伯、娘御のことだ」

「は」

「単刀直入に言おう、娘御を貰い受けたい」

「――側室、ということでございましょうか。さようであれば――」

「側室などではない」

苛立ったように王太子が遮る。

「正妃だ。正確には、正妃とすることを前提に婚約、ということだが」

ルドヴィーコの口の中が乾く。

答える舌がもつれた。

「お、畏れながら、殿下、殿下のご婚約者様――マレス侯爵の御令嬢は」

「あの婚約は」

不機嫌そうに視線を逸らし、王太子が吐き捨てる。

「つい先ほど解消した。あの娘は正妃たるに相応しくない——いや、この国の貴族たるにすら」

嫌な汗が背中を伝うのを感じながら、ルドヴィーコは重ねて尋ねる。

「へ、陛下はどのように」

「忘れたか、余は摂政だ。御病気の陛下を煩わせるまでもなかろう」

——理屈では、たしかにそうだが。

たしかに王は病身で、床から起き上がることすら叶わない、というのがもっぱらの噂だ。

そして王太子は摂政として王に代わり、王の名において国政を取り仕切る身でもある。

——とはいえ。

ルドヴィーコは考える。

将来の王妃を決めるような大事を、陛下の御意思を確かめずに決めてしまってよいものか。

まして相手は国有数の大貴族、マレス侯爵の一人娘。その影響力も考慮しての縁談ではなかったか。

「ノール伯、どうなのだ？」

押し被せるように問われて、ルドヴィーコは己がまだ王太子に返答していなかったことを思い出した。

「御意のままに、殿下。不束(ふつつか)な娘ではございますが——」

応じながらルドヴィーコは、マレス侯爵にどう言い訳したものか、と考えている。

マレス侯爵家の現当主ランドルフ・ハーゼンは、穏健で民の生活向上に心を砕く名領主という評判だ。

ルドヴィーコ自身も知らぬ間柄ではないし、けっして悪い関係でもない。むしろいくつか借りがあるくらいだった。この上娘が王太子の婚約者たる地位を奪い取ったなどということになれば、一体自分はどの面を下げて侯爵に会えばよいというのか。

「うむ、礼を言うぞ、ノール伯」

満足そうに頷いた王太子が、傍らに座るルドヴィーコの娘――クラウディアに視線を向ける。

「さあ、クラウディア、これで晴れてそなたと婚約したと皆に言える」

「ああ、殿下、クラウディアは嬉しゅうございます」

この光景を手放しで喜ぶことができたならば自分はどれほど幸福だったことか、とルドヴィーコは内心で頭を抱えている。

娘のクラウディアは、親の欲目を差し引いても、美しい娘だと思っていた。

豊かな向日葵(ひまわり)色の髪と透き通るような白い肌、宝石にも喩えられるような紫の瞳。

美しいと評判の妻の子とはいえ、正直なところ、自分の血が入っているとは思えないほどの美人に育ってくれた。そのことを、ルドヴィーコは神に感謝している。

しかしそれはそれとして、この国の正妃たるに足りるかどうか。

無論、ルドヴィーコも妻も、娘をどこへ出しても恥ずかしくないよう、教育に努めてはきた。

クラウディアも素直にそれに応え、その甲斐あって人並み以上の知識と教養を身に付けた女性になってくれている。

――だが、あの侯爵令嬢を見てしまったあとではどうだろうか。

マレス侯爵令嬢アリアレイン・ハーゼンは、歳の頃こそクラウディアとそう違わないが、既に侯爵家の王都における名代だった。

王都に上って以降、王都邸に留まるだけでなく、宮廷、そして執政府にも頻繁に足を運び、執政府の書記官たちと会合を持つことも度々と聞く。

ルドヴィーコ自身が侯爵令嬢と直接言葉を交わしたことはないが、マレス侯爵は自慢の娘と言っていた。

あの有能なマレス侯爵が名代を任せるくらいだから、実際に相当なものなのだろう。

その侯爵令嬢に比べてしまえば、クラウディアの資質――為政者としての資質が一歩二歩劣ることは否定しがたい。

まあ、そこは群臣がしっかりと固めてしまえばどうにかなるのかもしれない。

ルドヴィーコのより大きな心配は、やはり彼女の父にあった。

「――しかし、いかに殿下の仰せとはいえ、マレス侯爵がどう思われるか」

不安をこぼしたルドヴィーコの言葉に、王太子がまた不機嫌そうな表情になる。

「マレス侯がどう思おうと関係あるまい。言ったであろう、もはやあれはこの国の貴族たるにすら相応しくない、と」

「――殿下？」

王太子の口ぶりに不穏なものを感じ取ったルドヴィーコの、声のトーンが一段下がる。

「あれはこの国から追放することとした。マレス侯の娘であれ、追放の処断とその効力に例外はない」

「なっ……」

己の顔から血の気が引いていくのを、ルドヴィーコははっきりと感じ取った。

「お、お願いでございます殿下、どうかお考え直しください！」

叫ぶように言い、腰を浮かせてしまってから、自分の行動に気付く。

ルドヴィーコはそれほど動転していた。

「いかなる罪によって追放とされたのかは存じ上げませんが、マレス侯爵家は王国の柱石、東部国境の守りの要にございます。その一人娘を追放など——分を過ぎた差出口と存じてはおりますが、どうか、どうかご再考を」

悲鳴のような声で言い、低いテーブルにぶつかるほどに深く頭を下げる。

「クラウディア、そなたの父は優しいのだな。そなたの性格は父譲りであったか」

ルドヴィーコの態度を鼻で笑うように王太子が応じた。

まあ、とクラウディアの声がする。

なぜだ、とルドヴィーコは叫びだしたい思いでいる。

なぜあの家の、あの令嬢を追放刑に処して笑っていられるのだ。

そこらの下級貴族の娘でもなければ見てくれだけが取柄の姫君でもない。

王国史に名を残すかもしれぬような才媛を、しかも抜群の出自のその家とともに切り捨てるなど。

「殿下！」

頭を下げたまま語気を強めたルドヴィーコに、王太子はため息とともに答えた。

「ノール伯、余がなにも考えておらぬとでも思ったか。それに余とて血も涙もないわけではない。あれが前非を悔いて詫びのひとつも入れるならば、恩赦してやるつもりでいる」

「――こ、これはご無礼を。殿下の寛大なお心、わたくしめはまったく感服いたしました」

安堵のあまりふたたび気を失いそうになったルドヴィーコは、深く息をついてソファに腰を沈めた。

ようやく周囲が見えるようになり、己の汗がテーブルに滴っていたことに、今更のように気付いた。

慌ててハンカチを取り出してテーブルを拭い、次いで己の顔の汗を拭く。

「まあ、あれも最初からそのつもりであったのやもしれぬ。3日の猶予を、と願い出てきたからな。ひとまず頭を冷やしたい、というところだろう」

3日の猶予。

まだ追放刑に処されたわけではなく、侯爵令嬢としての身分はそのまま。

その間に詫びを入れ、なにがしかの対価を差し出して、恩赦の形で追放を免れることはできるだろう。

当の王太子が言うのだから間違いはない。

供されたままぬるくなっていた紅茶のカップを手に取り、渇いた喉を少しでも潤そうと一口含む。

香りも味も、ルドヴィーコには感じられなかった。

――あとはあの令嬢が頭を下げさえすれば。

そこまで考えて、ふと心に引っ掛かるものを感じた。

自慢の娘、というほかに、マレス侯爵はあの令嬢についてなにか言ってはいなかったか。

記憶の底を探り、困ったように笑うマレス侯爵の顔とともに、その言葉をルドヴィーコは思い出していた。


『あれは娘ながら、わが父の気性を最も強く受け継いでいる、と家中では評判で。

跳ね返って殿下や陛下を煩わせることにならぬよう、今からよくよく言って聞かせねば』

先代マレス侯爵は武断派で鳴らし、東の隣国からの侵攻を幾度も食い止めてみせた豪傑だった。

剛毅にして果断な性格とその実績でもって陛下にも一目置かれ、配下からは強く慕われたとか。

――その先代侯爵の気性を受け継いでいる？

王都で聞くあの令嬢の評判は、そういった人物像とは程遠い。

だが、それこそがあの有能な令嬢の本性だとしたら。

マレス侯爵の為政者としての能力と、先代侯爵の気性を兼ね備えているとしたら。

一体どうするのか、ルドヴィーコには想像もつかなかった。

――たとえば、頭を下げようとしなかったなら？

当然、追放は解かれない。

親と娘の間柄であっても、追放された者への援助を禁ずるという定めに例外はない。

だが、あのマレス侯爵が一人娘を、それも若くして名代を任せるほどの娘を、はいそうですかと見捨てるだろうか？

マレス侯爵領内に匿うようなことになってしまえばどうなる？

決まっている。殿下は討伐のための軍を発するしかない。

王室の威信を保つためには、ほかに選択肢などないのだから。

――頭を下げるほかない、相手には選択肢がない、そう思いながら、選択肢を失っているのは、実は殿下の方なのではないか？

口に出すのも恐ろしい想像だった。

ルドヴィーコはそのあと、王太子とどのような会話を交わしたかをほとんど憶えていない。

自分がなにか、抜け出せぬ泥沼に足を踏み入れた気がしてならなかった。

第2章 侯爵令嬢アリアレインの決断

KOSHAKU REIJO ARIALEIN NO TSUIHO

「王太子殿下の仰せにより、3日後の夕刻をもって、わたしはこの国を追放されます」

執事から皿洗いの下働きまで、手の空いた全員が集められた広間で、アリアレインは単刀直入に宣言した。

居並ぶ使用人たちの間から湧き上がりかけたざわめきを、片手の動きと視線だけで止めてみせる。

「——この屋敷も引き払わねばなりません。皆のこれまでの忠勤に感謝を」

この国において追放刑とは、ただ国外へ追い払う刑罰というだけの意味のものではない。

追放を宣された者は、王と法の庇護のもとから放逐され、人としてのすべての権利を剝奪される。

被宣告者——追放者が殺されようと奪われようと、その加害者が罪に問われることはない。

加えて、追放者へのあらゆる援助が禁じられ、それと知って手助けをした者も同罪と見なされる。

実態としては処刑と同義、むしろ一息に殺される方がまだしも、という酷刑であった。

「追放の宣告を受けた身ではありますが、引き続きわたしに仕えてくれる者は、ともに侯爵領へ参りましょう。王都に親族縁者がある者はその縁者も。侯爵領へ赴いてくれる者には、これまでに増す待遇を約束します」

半拍の間を置いて、アリアレインの言葉の意味を理解した使用人たちから、今度こそ止めようのないざわめきが立ち上がる。

「とはいえ、」

ざわめきを断ち切るように、強い口調でアリアレインは続けた。

「殿下の仰せは仰せであり、法は法です。皆にもそれぞれの事情がありましょう。わたしは皆がついてきてくれることを望みますが、そうしない者を咎めることはありません」

人前で何かを語るときにはいつもそうするように、小柄な身体の背筋を伸ばして。

いつものように心なしか顔を上げ、胸を張って。

いつものようにはっきりとした口調で、アリアレインの言葉は続く。

「屋敷は人手に渡ることになりますが、引き続いてこの屋敷で働くことを望む者には、わたしから次の主にとりなしましょう。王都に留まり、別の仕事を探す者には、紹介状とともに来月の末までの給金を先渡しします」

いつものようにアリアレインの左後ろに控えながら、アーヴェイルは内心舌を巻いていた。

――お嬢様はここまで考えておられた。

あの無法な宣告から、馬車に乗って戻ってくるまでの、たったそれだけの時間で。

動揺がなかったはずはない。それだというのに。

「侯爵領へ赴くか否か、この屋敷で働くことを望むか否か、明日の昼までにお決めなさい。あなたたちひとりひとりがどのような道を選ぶにせよ、わたしは皆の無事と幸運を祈っています」

座がしん、と静まり返る。

その場にいる全員が、アリアレインの言葉の意味と重みを呑み込んだに違いなかった。

「……お嬢様」

苦しげな声。

居並ぶ使用人たちの列の中ほどからだった。

「お嬢様、お——私は、」

言いながら、よろめくような足取りで前へと出てきたのは若い庭師。

押し留めようとした執事を、いいのです、とアリアレインが制した。

「私には、あの庭を捨てることなど——」

泣かんばかりの表情の庭師に、アリアレインは優しく頷いた。

「よいのです。あなたの庭に、わたしも随分と心を慰められました。あの庭をそのままに保ってくれるのならば、フェリクス」

きつく握りしめられた庭師の拳を、アリアレインは両手で包む。

「わたしの気がかりもひとつ減るというものです。皆も、」

言葉を切り、手を離して、アリアレインは使用人たちを見渡した。

「各々の事情と考えで、思うようになさい。どのような選択であるにせよ、わたしは、あなたたちがそれぞれで選んだ道を尊重するでしょう」

話は終わり、とでも言うように、アリアレインは白く形のよい手を打ち合わせた。

　ぱん、と小気味よい音が広間に響く。

「忙しいところご苦労でした。仕事に戻りなさい。わたしはしばらく書斎で過ごします。食事は書斎へ運ぶように」

　執事と、そしてその近くにいる文書の作成と管理を担当する使用人――祐筆たちをちらりと見て、アリアレインは続けた。

「――スチュアートと祐筆の皆は書斎へ」

　振り向いてアーヴェイルと視線を合わせ、頷いて付け加える。

「アーヴェイル、あなたも」

　アーヴェイルが黙ったまま、会釈で応じた。

　言うだけのことを言ってしまうと、アリアレインは広間から退出した。

　アーヴェイルがそのすぐ後に続き、老執事と祐筆たちが急ぎ足でそれを追う。使用人たちは三々五々、それぞれの持ち場へと戻っていった。


「それで、お嬢様」

　書斎という名の、実質は名代としてのアリアレインの執務室。

　スチュアートという名の老執事と、そして祐筆たちが居並ぶ中、彼らを代表するようにアーヴェイルが尋ねる。

「いかがなさるのですか？」

アリアレインは答えずに、広いテーブルを手で示した。

「座りなさい、長くなるから」

言いながら、真っ先に自分が座る。

アーヴェイルを除く全員が席に着いたのを見届けて、アリアレインは話し始めた。

「話の前に、侯爵領へ行くかどうかを決めてもらわないといけないのよね。皆には明日の昼までと言ったけれども、あなたたちは今決めて。侯爵領へ出向かないのなら、今ここでお別れよ。この先の話に巻き込むわけにいかないし、この先の話を聞かせるわけにもいかないから」

老執事と祐筆たちははっきりと察した。

若い女主人は、ただ郷里へと逃げ帰るわけではなく、何かを――それが何かはわからないが、王太子に歯向かうような何かを考えている。道を同じくしない者には関わらせられないような何かを企んでいる。

互いに視線を交わし、だが、言葉を発する者はいない。

それを確かめたアリアレインが、微笑んで言葉を続ける。

「言うまでもないけれど、ついてくるなら追放刑。まあ、」

そこに座る全員の顔を見回して、アリアレインは愉しげな笑顔を浮かべた。

アーヴェイルがこれまで見た中でも、一二を争ういい笑顔だった。

「苦労と、それに見合う給金は保証するわ。あとはやりがいと楽しみかしらね。追放者の汚名や二度と王都の土を踏めないことと引き換えにしていいものかどうかは、人によると思うけど」

座の中から失笑が漏れる。

世評と異なるアリアレインの姿を、老執事や祐筆たちは知っていた。

仕事に厳しく、遠慮なくものを言い、ときに際どい冗談を飛ばす。

それでいて配下の者たちへの目配りは細やかで、働きには必ず厚く報いるということも、彼らは知っているのだった。

「ああ、悪いけれど、スチュアート、あなたはここに残りなさい。侯爵領へ出向くことは許しません」

「お嬢様、なにゆえ。わたくしいささか歳を取りはしましたが、先代様の御手勢に加わったこともございます」

名指しされた執事の抗議を、アリアレインは優しい笑顔で受け流した。

「ありがとう。あなたの忠誠を疑うわけじゃないのよ。でも、婚礼前のお孫さんを残してゆけて？わたし、あの綺麗なお孫さんに恨まれたくはないわ。あなたになら安心してこの屋敷を任せられるし、それに、残る者にも取りまとめ役が必要でしょう」

家族のことを持ち出されて、執事はぐっと黙り込む。

「皆もよく考えなさい」

促されて席を立ったのは、結局ひとりだけだった。

若い祐筆だが、王都に病身の父を抱えている。

病人をひとり置いていくわけにはいかず、そして病の身で長旅に耐えられるとも思えなかった。

アリアレインに丁寧に挨拶し、自分は王都で別の仕事を探すと告げ、同僚たちに会釈をして、彼は書斎を出ていった。

ではわたくしも、と腰を浮かせかけた老執事を、あなたはここにいなさい、とアリアレインが手振りで座らせる。

「皆、案外物好きなのね」

座をもう一度見渡して、小さく、だが嬉しそうに笑ったアリアレインが告げた。

「――では、始めましょうか」


アリアレインが方針を示し、執事と祐筆たち、そして補佐役であるアーヴェイルがそれに修正を加え、あるいは細部を詰めて実務に落とし込む。

それが侯爵家王都邸のいつもの執務のあり方で、今回もそれはさして変わるところがない。

「まずは基本的なところを説明しておきましょう」

大きなテーブルいっぱいに地図を広げさせて、アリアレインは言った。

「正面から戦ったのでは、わたしたちに勝ち目はないわ。それが、いつ、どこで、であっても。そもそもの兵の数が違いすぎるから」

侯爵領の人口は、国全体のそれの十分の一に満たない。王室の直轄領のみと比較しても半分未満。

その差はそのまま、動員しうる兵の数の差でもある。実戦を多く経験する土地柄であるから、騎士隊も領軍も精強をもって知られるマレス侯爵領ではあるが、絶対的な数の差を覆せるほどのものではない。

そうであるからこそ、追放刑が脅しとして機能する、ということでもある。

「でも、あちらにはあちらの問題が——時間の問題があるのよね」

アリアレインの形のよい指が、地図の上に描かれた線をなぞる。

「マレスへ下る街道は、その途上で竜翼山脈を越えます。山脈の王都側——北西側は雪深いことで名高いわよね。実際のところ、冬にここを越えて軍を動かすことはできないわ」

とん、と地図上の1点を指したアリアレインが顔を上げて、一同を見渡した。

「ごく単純に言えば、冬になるまで——このアラス峠に雪が降るまで峠を確保できれば、王室は少なくとも当分の間、それ以上の干渉ができなくなる。つまりそのためには」

アラス峠、と書かれた山脈の中の1点からアリアレインの指がさらに東へ動き、山脈の麓のあたりに描かれた街で止まった。

「ここを」

言葉とともに、広げた掌で、地図の上に描かれた街の一帯を押さえる。

「レダン、でございますな」

スチュアートが念を押すように、街の名を口にした。

「ええ。アラス峠と、そしてレダンの港を押さえること。それが条件よ」

祐筆たちが顔を見合わせた。

押さえる、と言ってしまえば一言ではあるが、それをどのように実現するのか。

「攻め落とされるのですか？」

「それも悪くはないけれど、あまり時間をかけるわけにもいかないでしょう？　それに、ことが成ったならば、アラス峠の東側は、マレス侯爵が支配する新たな国になるから」

祐筆のひとりが発した疑問に、アリアレインが応じた。

「そう大きくもない同じ国の中で、遺恨を残すことはできるだけ避けたいの」

「——つまり調略」

別のひとりの言葉に、アリアレインは笑顔で頷いた。

「そうね。なるべく犠牲者を出さずにレダンを取り込む、となれば」

武力でなく、計略、あるいは交渉でもって味方に付けるほかはない。

「レダンとレダン子爵家を取り込む方法はともかくとして」

地図を見つめたまま、アーヴェイルが言った。

「軍を動かされれば王都からマレスまでは半月、アラス峠までは10日少々です。そして、雪が降るのは12月を待たねばなりません。あとひと月半ほどはありましょう」

圧倒的な戦力差の中でひと月以上を持ち堪えることは難しい。

「調略と戦支度を同時に進め、その上でレダンとアラス峠を押さえてひと月以上」

アーヴェイルが視線を上げる。

「――どのように、時を稼がれるのですか」

深い緑の瞳を灰色の瞳で正面から見返したアリアレインが、小さく笑った。

「やりようはあるわ」

アーヴェイルは黙ったまま、視線を逸らさない。

こうなったアーヴェイルは納得しない限り、あるいは命令しない限り動かないことを、アリアレインは知っている。

同時に、それがただの頑迷さではなく、自分への忠誠と信頼ゆえであることも。

ふ、と息をついたアリアレインが、ふたたび地図に視線を落とした。

白く細い指を持つ右手が、王都からマレス街道の上を滑るように動く。

「マレス侯爵領を攻めるということは、こう、軍が動くことになるのよね」

マレス街道の上を西から東へ。

「でも、動かすと決めたらすぐに動けるわけではない」

言いながら、アリアレインは左手を上げた。

「兵を招集して、糧食の備蓄を確認して、それを移動させて――ああ、移動させるための馬車や馬の手配、酒保商人の手配と契約。他にもいろいろ」

ひとつひとつ数えるように指を折り、そしてまた広げながら、必要な段取りを挙げてゆく。

「そういうものが全部揃って、はじめて軍は動ける。そうよね？」

念を押すように言われて、アーヴェイルははい、と頷いた。

「つまり、逆に言えば、その鎖のどこかを断ち切れば、軍は動かせない。そうなるわね？」

「そうなります、理屈で申せば」

「そうであれば、やるべきことはおのずと決まるのではなくて？」

「――どのようにして？」

アーヴェイルの問いに、アリアレインはくすくすと笑い、居並ぶ祐筆たちを見回した。

「つまりそれこそが、あなたたちをここに集めた理由、ということよ。あなたたちのペンとインクで、断ち切るのです」

黙ったまま話の成り行きを見守っていた祐筆たちが顔を見合わせ、幾人かが低い声を漏らした。

この執務室で軍を押し留め、侯爵領を守る。

その役回りに、気が昂（たかぶ）っているに違いなかった。

「もちろん、他にやるべきことはたくさんあるわ。あちこちとの取引を畳んで、この屋敷や別邸の始末をつけて、王都に残る皆の先々のことも面倒を見て。わたし、皆に言ったわよね？」

「『苦労と、それに見合う給金は保証する』――ええ、たしかに」

アリアレインの話の先を、アーヴェイルが引き取って応じる。

どこか愉しげな表情だった。

「皆も、納得したのならば働いてもらいましょうか。手分けして書状を準備してちょうだい。まずは、近衛のマレス騎士館ね。それと教会。内容はこれから伝えます」

幾人かの祐筆がてきぱきと紙やインク、そしてペンを取り出す。

「それと、誰か、取引の帳簿を確認しておいて。できるだけ先方に損をさせないように取引を畳みたいのよね。わたしたちの債権は回収できなくなるけれど、わたしたちの債務も、わたしたちが王都を引き払ったら宙に浮いてしまうから」

別の幾人かが、分厚い書類の綴りを棚から引き出してページを繰り始める。

「もうひとつ、執政府の書記官の名簿を。勅任――は動かせないだろうから、その下の奏任書記官かしらね。いくつか書状を出す必要があります。内容はあとで伝えるわ。明日の朝にはすべて整えておく必要があるから、これもこれで急いでちょうだい」

更に別の数人が、これも分厚い書類の束と格闘を始めた。

「それから、船の手配ね。コルジアへ早馬を出して。うちの用船は非常呼集をかけて、遅くとも明々後日(しあさって)の朝には出せるように。あとは少なくとももう1隻、うちの使用人とその荷を載せる船が必要ね。付き合いのある商会が荷主になっている船を見繕って、そちらに話をつけます。誰か、当たりはつく?」

取引の帳簿を確認していた祐筆のひとりが作業を止めて手を挙げた。

「10日ほど前に、マレスから毛織物を積んでコルジアへ着いた船があるはずです。戻りの荷の予定はあるでしょうが――」

祐筆の言葉に、アリアレインはにこりと笑って頷いた。

「それを押さえましょう。あとで委任状を渡すから、あなたが出向いて話をして。荷主と話がついたなら、馬車を仕立ててコルジアへも。船の方にも話を通しておかなければ。荷役の手筈も整えておいてちょうだい」

かしこまりました、と一礼した祐筆が、己の準備を整えるために退出した。

「言い忘れていたけれど、明日以降の予定はわたしもあなたたちも全部取りやめ。理由は『急病』とでもしておいて。察する相手は察するでしょうし、そうでなくても今日の顛末はどこかから伝わるでしょうから」

それぞれに了解の意を示した祐筆たちが、それぞれの仕事に取りかかる。

このようにしてその夜、アリアレインの逆襲は始まった――侯爵家王都邸において。

侯爵家の名代の名で発出された書状が近衛騎士団のマレス騎士館に届けられたのは、その日の夜のことだった。

食事を終えて私室に下がっていた騎士館長が広間に呼び出され、書状が手渡される。

髪に白いものの混じった騎士館長は、歴戦の騎士だけあって、書状を一読してもその顔色を変えなかった。しかし、事態の重大さは即座に理解している。

「名代様には、しかと承ったとお伝えいただきたい」

は、と一礼した使者が退出する。

「総員を非常呼集。非番で外出している者も呼び戻せ。それと――若様をここへ。すぐにだ」

使者が広間を出ていくや否や、騎士館長は部下にそう命じた。

広間に呼ばれ、書状を手渡されて読み終えたマレス侯爵令息クルツフリート・ハーゼンはそれだけを言って天を仰ぎ、しばし絶句した。

短く整えられた黒い髪に、灰色の瞳を持つ切れ長の目。姉であるアリアレインに似た顔の造りではあるが、見る者が受け取る印象は冷たさや厳しさよりも親しみの方が大きい。

「いかがなさいますか、若様?」

「書いてあるとおりにやるかどうか、だけだな」

騎士館長の言葉に、左手に持ったままの書状を右手の指で弾いて、クルツフリートが応じた。

ぱん、と小さくも小気味よい音が広間に響く。

「書状には、騎士館は総員退去、明後日の昼をもって王都邸で名代様に合流せよ、と」

「そうだ。姉上は王都を引き払う」

ひとつ息をついたクルツフリートは、手にした書状にまた視線を落とした。自分の考えをまとめるように、そこに書かれた文字を目で追いながら続ける。

「追放を取り消してもらうなら頭を下げればいいし、逃げるつもりなら手配をした上でマレスに戻るだけでいい。騎士隊を連れていくというのなら、マレスに戻って何かする気だろうね」

「何か、とは――？」

「俺に訊かないでくれよ。この書状だけじゃわかりようがない。でも、姉上の気性は知っているだろう？　何か無茶を――王太子殿下が考えてもいないような無茶を、する気ではいる。賭けてもいい」

　ため息とともにクルツフリートが吐き出す。

　穏やかな表情の中に、ある種の諦念が浮かんでいた。

「選択肢はふたつしかない。今すぐに姉上を止めるか、姉上の言うとおり動くか」

「……それはまた難しい」

　クルツフリートの言葉に、騎士館長が苦笑しながら応じた。

「姉上は」

　小さく息をついて、クルツフリートが続ける。

「成算や計画なくこういうことを始めるような人じゃない。意地や体面だけで勝てない戦いを始めたりもしない。少なくとも今まではそうだった」

「仰るとおりかと、若様」

「殿下に婚約を解消されて自暴自棄になっている、という可能性もないわけじゃあないが」

　言いながら、可能性としてはどうかな、とクルツフリートは思っている。

　当の姉は、クルツフリートの知る限り、自暴自棄という言葉からは最も遠い人物なのだ。

「それにしては文面が」

騎士館長が、書状にちらりと視線を投げながら応じた。考えていることはクルツフリートと似たようなものであるらしい。

本文を書いたのは祐筆だろうが、淡々として余計な言葉のない文章を指示したのは名代である侯爵令嬢、クルツフリートの姉本人にほかならない。

「署名やら追伸やらの筆跡も普段と変わらない。つまりはいつもの姉上だ」

「そうであれば若様、選択肢はおのずと定まるのではありませんか」

騎士館長の言葉に、クルツフリートがああ決まりだ、と頷く。

「総員退去、明後日の昼をもって王都邸へ。館長、手配を進めてくれ。俺は明日の朝から姉上に呼び出されている」

広げなおした書状の追伸の部分を、クルツフリートが指でなぞった。

「ほかにふたりという指示もあるな。人選は任せる。警護役の務まる者を選んでくれ」

騎士館長が、は、と応じて一礼した。

夜にもかかわらず急激に慌ただしい空気となった近衛騎士団マレス騎士館の廊下を、クルツフリートは自室へ向かって歩いている。

近衛騎士団はその名のとおり、王と王室を守るために王室が直轄する騎士団ではあるが、直轄領のほかに各貴族の所領からも相応の人数が所属している。

それは有事の戦場にあって密な連携を取り、あるいは平時において練兵の効率化と各所領の騎士たちの交流を図るための方策だった。

出身地別に分けられた騎士たちの居館は騎士館と呼ばれている。

マレス侯爵領の騎士館の規模は王室直轄領のそれに次ぎ、貴族所領の騎士館の中では最大である。

各所領の人口や領軍の規模に応じた、王都に駐留すべき騎士の員数の割り当てからしても過大な規模ではあった。

なるべく多くの騎士に王都勤務を経験させる、という先代侯の方針をそのままに、中小の貴族たちに割り当てられた分を少しずつ引き取る形で、異例の規模の騎士館は成り立っている。

そのマレス騎士館が、今は戦支度のような有様だ。

無論、王都で一戦、というわけではない。だが、追放された主家の令嬢とともに所領へ下ろうというのだから、ある意味で立派な謀叛の企てではある。

クルツフリートは、たどり着いた自室の扉を――平の騎士ではあるが、主家の令息であるから一人部屋をあてがわれている、その自室の扉を開けて中に入り、いささか乱暴に扉を閉めて、そのまま扉に身体を預けた。

ずるずると、扉にもたれるように床へ座り込む。

「姉様も殿下もさあ……」

その姿勢のまま、天井を見上げてクルツフリートはため息とともに小さく言葉を吐き出す。

頭を抱えたい気分だった。

クルツフリートが騎士に叙任され、王都に上ったのがおよそ半年前。

その頃すでに王太子と姉の仲は冷えているという噂がちらほらと聞こえてはいた。その後、なんとかいう伯爵令嬢と王太子が接近するのと反比例するように、王太子と姉の間の溝は深く広くなっていった。

――まあ無理もない。

天井を見上げた姿勢のまま、クルツフリートは考える。

姉は黙っていれば完璧な淑女。口を開かせても少々当たりが厳しいところはあるが、それでも並の令嬢よりも礼儀と作法をわきまえた上に広く深い知識と教養を持ち合わせた女性であることに間違いはない。

だが、目上に対しては礼儀よりも条理と道理をまず優先する。父である侯爵に対しても、理の通らぬことと思えば一切の忌憚と斟酌なく己の意見を述べる姉を、クルツフリートは幾度も見ていた。

それこそが姉にとって、目上を支える、ということなのだ。

――あれを王太子殿下に常々やっていたのだとしたら。

そういう姉の姿を認めて受け入れられる度量の男が、国にどれだけいるだろうか、とクルツフリートは思う。自分や父はまあ措くとして、と数えようとして、そもそも姉の目上などという人物がほとんど存在しないことを思い出した。

父のほかに領地貴族の侯爵といえば王国西方に広大な領地を持つブロスナー侯爵だけ、あとは宮廷貴族の大臣級が一代爵位としての侯爵。ほかは王家の傍流から出る公爵とその家族、王太子とその弟である第二王子、そして王そのひと。

王太子と第二王子は別として、他はみな父侯爵と似たような年齢であったはずだ。

彼らが目下の、それも娘のような年頃の相手から、手加減のない反対意見を浴びたとき、己の感情を一旦脇に置いて意見の内容を吟味する、というようなことをできるかどうか。

姉にはできる。そして姉は、自分にできることは目上の他人にもできるし、できるべきだと考えている節がある。

そんな姉を好んで支えようという人物が、王太子の周囲にいるとは思えなかった。

「反りが合うはずがないんだよなあ」

深いため息をついて、クルツフリートはもう一度独語する。

ゆるゆると立ち上がり、室内を見回して付け加えた。

「殿下もまあ、御自身でいろいろやりたいお方だし」

クルツフリートが王都に上ってわずか半年の間ではあるが、王太子が志向しているのは強い王室だ、ということはクルツフリートにも理解できた。姉を味方に付けることができたならば、それはいずれ王となったその先の治世において実現できたことだろう。

だが、王太子の婚約者とその生家の影響力をどう見るか、という点で、王太子と姉の間には決定的な行き違いがあった。姉もそのことを理解できてはいたはずだ――だが、持って生まれ、そして十数年をかけて育てた性格は容易に矯正できるものではない。そしておそらく、理解できた時点で、もう修復のしようがないほどに王太子の心は姉から離れてしまっていたのだろう。

「婚約解消だけならまだしもなあ……」

首を振ってクルツフリートは呟く。

どう控え目に受け取っても、侯爵家と、そして姉自身を侮っていなければ出てこない処断ではあった。

姉を心の底から怒らせるには十分なほどに。

クルツフリートは知っていた。姉は——アリアレインは元来、篤い情を持ち合わせている。

普段は巧みにそれを己の中に折り畳んで隠し、完璧な淑女を演じているに過ぎない。

例外が、倒すべき敵を見つけたときと本気で怒らせたときだった。

そうなったときの姉は、完璧な淑女としての振る舞いのままに、とてつもなく冷徹で、そして苛烈な行動を取ってみせるのだ。

クルツフリートは幼い頃の幾度かの経験から、姉だけは絶対に怒らせてはならない、と知っている。

その姉に対して、婚約解消と追放刑。

姉は王都を引き払い、郷里へ戻るという。ただそれだけで済ませる気であるはずがなかった。

「せめてアーヴェイルあたりが止めてくれれば——」

マレスにいた頃から姉の側に仕えていた有能な従士の顔を思い浮かべ、彼がどのように行動するかを考えて、クルツフリートは小さく笑った。

あの従士も整った顔と冷静な態度の内側に、ほとんど絶対的と言ってよいほどの姉への信頼と敬意を抱えている。姉への侮辱と受け取ったのであれば、止めるどころか、まずもってアーヴェイル自身が王太子を弑しかねない、ということに気付いたのだった。

「……似合いすぎてる主従じゃないか」

クルツフリートはもう一度小さく笑って独語する。苦笑だった。

――あの書状が姉様から届いたということは。

ひとつ息をついて苦笑を吹き消したクルツフリートは考える。姉にとって、その場でなにかをするよりも有効な手があった、ということなのだろう。条理と道理を重んじる姉であればそうする。

そうであるならばやはり、姉の言うとおり動くべき。

そもそも今の姉に――経緯から考えて確実に激怒しているであろう姉に、逆らうことなど考えない方がよい。

心を決めたクルツフリートはもう一度首を振って、出立の準備を始めた。

明日の朝にはこの私室を出て、そしておそらくは二度と戻らない。持っていかねばならないものと残してはゆけないものを、それぞれまとめねばならないのだった。

侯爵家従士アーヴェイルの本分

その夜、侯爵家王都邸は、夜が更けてもあちこちに明かりを灯したままだった。

日々必ずこなさねばならないあれこれに加えて、屋敷を引き払うための準備や、あるいは使用人たちが自分の身の振り方を考える時間も必要だった。

最も忙しく人が立ち働いているのは、無論、アリアレインのいる書斎だった。

身の振り方は既に自分たちで定めてしまったとはいえ、限られた時間の中で大量の文書や書簡を出さねばならない祐筆たちは、繁忙を極めている。

苦労は保証する、と言い切ったアリアレインの言葉のとおりだった。

「これは、よほどの給金を頂戴できねば割に合いませんな」

ひとつ文書を書き終えてペンを置き、束の間席を立って肩と首を回しながら、年嵩の祐筆が冗談を飛ばす。

「安心して、娘さんの婚礼衣装がぽんと買えるくらいには弾むから」

文面を確かめてサインを走らせ、アーヴェイルに手渡しながらアリアレインが応じる。

当の祐筆は王都で雇った者ではなく侯爵領の出で、家族は侯爵領に残している。

家族のもとへ戻るよい機会、くらいに考えているのかもしれなかった。

「お嬢様と娘のためとあらば――」

笑いながら席に着いた祐筆が、もう一度ペンを手に取った。

「己にもう一鞭入れねばなりませんなあ」

書斎にいる皆も、笑いながらも手を止めない。

文書の内容は多岐にわたり、書簡の宛先も領主貴族から代官、商家、執政府の書記官、教会と様々だった。

アリアレインはすべての内容を確かめ、ときに自分でも一言書き添えながら、次々とサインをしてゆく。合間に、手ずから幾通かの書簡をしたためてもいた。

アリアレインがサインをした文書の内容をもう一度確認し、封筒に入れて封蠟を施し、封印を捺すのがアーヴェイルの役回りだった。

アリアレインからの指示があったいくつかの書簡は、封をしないまま封筒と揃えて机に置く。

時折執事が入ってきては新たな文書を置き、あるいは溜まった文書を取り上げて出てゆく。

今日のうちに届けられる文書は、出来上がり次第に従僕を走らせている、ということのようだった。

合間に軽く夕食と夜食を済ませながら、仕事は夜更けまで続いた。

夜半を過ぎたあたりで、今日はもう休みなさい、とアリアレインが命じた。

疲れた表情を浮かべた祐筆たちが紙とペンを片付け、アリアレインに丁寧な礼をして書斎を出てゆく。

残ったアーヴェイルは、扉の外に控えていた侍女に熱い湯で濡らした手拭いを持ってこさせ、黙ってアリアレインに差し出した。

何も言わずに受け取ったアリアレインがソファに身体を投げ出した。

髪飾りを引き抜いて髪を下ろし、乱雑に畳んだ手拭いを目の上に置く。

家族とアーヴェイルの前以外では絶対に見せないであろう姿だった。

「――さすがに疲れたわね」

しばらくそのままの姿勢でいたアリアレインの口から、深いため息とともに、愚痴とも弱音ともつかない言葉が漏れ出る。

「夕刻からろくにお休みも取られないままです。お嬢様もお休みください」

「そうね。あなたも、と言いたいところだけれど、アーヴェイル」

ゆるゆるとソファから身体を起こしながら、アリアレインは顔の上半分ほどを覆っていた手拭いを外して手に取った。

「はい」

短く応じたアーヴェイルが手を差し出す。その手拭いを預かります、という意図だった。

差し出された手を見つめたアリアレインはその手を両手で握り、上目遣いにアーヴェイルを見上げる。

口の端にほんのわずかな苦笑を浮かべたアーヴェイルがゆっくりとアリアレインを引き起こした。

「使いを頼まれて」

「これからですか」

「ええ、すぐに出てもらわないと」

「私は、お嬢様、あなたの護衛でもあるのですが」

「わかってる。あなたにしか頼めないのよ。身辺の警護は、明日の朝にもクルツが来てくれる手筈だから」

「若様ならばご安心でしょうが」

「影は今あちこちへ動かしているから警護には使えないけれど、他に近衛のマレス騎士館から手練れをふたり」

アリアレインの言葉に、アーヴェイルがはい、と頷く。完全に納得した、という表情ではなかった。

「それに、動きだしてしまえばひとまずマレスに戻るように見えるはずだし、そのときは騎士の皆もついてきてくれるわ。そうなれば、ここにいるよりもかえって安全でしょう?」

「――仰るとおりですね」

心からの賛成はできませんが、という意図を込めたわずかな間のあとで、アーヴェイルは頷いた。

机の上の手紙の束を手に取ったアリアレインが、もう一度ソファに腰を沈める。

「そこの封印と封蠟を――いいえ、いつものじゃなくてそっちの方。そう、それを持ってきてちょうだい」

言われるままに封印と封蠟を取ってきたアーヴェイルが、ソファの傍らに置かれた低いテーブルにそれらを置く。

「ありがとう。説明するわ。座って」

テーブルを挟んで反対の小さな椅子に腰を下ろそうとしたアーヴェイルに、そっちじゃないわ、と首を振り、アリアレインは自分の隣を手で示した。

「失礼」

小さくため息をつき、一言だけ断って、アーヴェイルが隣に座った。

アリアレインはまだ封をしていない書簡を1通ずつ手に取り、内容をアーヴェイルに説明して封筒に入れてゆく。

同時に、それぞれの宛先で何をすべきかを簡潔に命じた。

――たしかにこれは。

話を聞きながらアーヴェイルは考える。

自分にしかできない仕事なのかもしれない。

ただの使者ではなく、体力と胆力と臨機応変さが求められるその仕事そのものが、アリアレインからの信頼の証のように思われた。

一通りの話を終えたアリアレインが手ずから封筒に宛名を書き込み、1通ずつ封をしてゆく。

封蠟に捺される印章は、侯爵家のそれとは異なるものだった。

「大臣より下で何が起きてるか知ろうともしないから、こういうことになるのよね」

そういうところが侮ってるって言うのよ、と、封をする手を止めないままに、アリアレインが独語する。

「アーヴェイル、わかってると思うけど、長い道のりになるわ。身支度をしてきて。荷物はわたしが用意してあとで渡すから、支度ができたら戻ってきてちょうだい」

「わかりました。小半刻で戻ります、お嬢様」

立ち上がって一礼したアーヴェイルはそう言いおいて、書斎を出ていった。

アリアレインは手早く封を終え、封筒の束を鞄に入れる。

公用使が使う大ぶりの鞄には、まだ十二分の余裕があった。

ほんの少しだけ考えて呼び鈴を鳴らし、控えている侍女を呼ぶ。

「携帯用の食事があったと思うのよ。日持ちのするものが。アーヴェイルがこれから出るから持たせてあげたいのだけれど、用意できる？」

すぐに顔を見せた侍女に、アリアレインは尋ねた。

「すぐにご用意いたします、お嬢様。いかほど必要でしょうか？」

「そうたくさんは持たせられないから、せいぜい2食分かしらね。それと、手紙と一緒に入れることになるわ」

かしこまりました、と侍女は頷く。

「蠟紙と厚手の布で包んでおきましょう」

退出する侍女を見送って、書斎にひとり残ったアリアレインは、小さく息をついた。

封印と封蠟をまだ片付けていなかったことを思い出し、机の上に置いたままのそれらに手を伸ばす。

何かがきらりと蠟燭の明かりを反射した。

——あの場であの男に、叩き返してくるべきだった。

かすかな後悔とともに、左手に嵌められた指輪に視線を落とす。

それが王太子とアリアレインとの、婚約の証だった。

婚約が解消された今となっては、何の意味も持たない品物だ。

黙ったまま指輪を外して机の上に置く。

ふと思い立ち、レースのついたハンカチを取り出して指輪をその上に置きなおす。

白い紙片にさらさらと2行、ペンを走らせ、すこし考えてからもう1行を付け足した。

紙片を折って指輪の隣に置き、置かれたそれらごとハンカチを畳む。

次いで、鞄の底に畳んだハンカチを置き、常に身に着けている紋章入りの懐剣をその上に置いた。

アリアレインは、指輪の嵌まっていない左手を蠟燭の明かりにかざす。

ただそれだけで、重荷から解放された気分になった。

控え目なノックの音とともに、お嬢様、と扉の向こうの廊下から呼ぶ声がした。

侍女の声だった。

「どうぞ、開いているわよ」

「お持ちしました、お嬢様。お言いつけのとおり2食分です」

トレイの上に載せられているのは、四角く白い布包みだ。

「ありがとう。そこへ置いておいて」

言われたとおり、布包み——携帯糧食をテーブルに置いた侍女が一礼して退出した。

入れ替わるように、侍女の開けた扉をノックして、アーヴェイルが姿を見せる。

フード付きの外套を羽織った旅装だった。

「戻りました、お嬢様」

「少しだけ待ってて、アーヴェイル」

言いながら、布包みを手に取って鞄に入れる。

「携帯用の食事を用意してもらったの。入れておくから、時間がないときに食べて」

「お気遣い、ありがとうございます」

アーヴェイルの返答に、アリアレインは小さく首を振った。

「わたしには、このくらいしかできることがないのだもの」

鞄のフラップを閉じて留め金を掛けようとしたアリアレインの手許から、二度三度、かちゃかちゃという音が響く。手許に視線を落としたアリアレインがふっと息をつき、両手を握ってはまた手を広げ、という動作を繰り返した。

「……お嬢様？」

アーヴェイルが気づかわしげに声をかける。ううん、ともう一度首を振ったアリアレインが、留め金をようやく掛け終えた。

「――なんでもないの、アーヴェイル。ごめんなさい、いちばん大変な役回りを押し付けてしまって」

「いいえ、お嬢様」

穏やかな笑顔で首を振ったアーヴェイルが付け加える。

「このようなときに頼りにしていただけることが、私は嬉しいのです」

「――そう」

小さい声で言い、目を伏せたアリアレインが、机に置かれた鞄を取り上げて差し出す。

アーヴェイルが、ほんのわずかな間、差し出された鞄と、差し出したアリアレインの手を見つめた。

うやうやしく両手で鞄を受け取り、丁寧な所作で礼をする。

「たしかにお預かりしました、お嬢様」

「任せたわね、アーヴェイル」

ほんの少しだけ、迷うような間を置いて、アリアレインは付け加えた。

「――どうか、無事で。頼んだわよ」

「はい、必ず」

頷いたアーヴェイルは、扉の前で振り返り、にこりと笑って、もう一度丁寧に一礼した。

「行ってまいります。お嬢様も、どうかお気をつけて」

それだけ言って、アーヴェイルは退出した。

廊下を足早な靴音が遠ざかる。

しばらく閉じられた扉を見つめていたアリアレインは、ややあって天井に視線を逸らした。

きつく目をつむり、心の中のなにかを追い出そうとするかのように深く深く息をつく。

「――大丈夫」

小さく口に出して言い、軽く自分の頬を叩く。

立ち上がったアリアレインはふたたび呼び鈴を手に取り、控えている侍女を呼んだ。


「メイロス様？」

戸惑ったような馬丁の声が、アーヴェイルを考えごとから現実に引き戻す。

鞍と、そして公用使であることを示す馬衣を付けられた駿馬が馬丁に引かれていた。

「ああ、すまない。ありがとう。夜更けに悪かった、お嬢様から急な使いを言いつかってね」

馬丁に声をかけて鞄を鞍に取り付け、鐙に足をかけて一息に乗る。

いえいえ、と欠伸(あくび)混じりに馬丁が応じ、自分の部屋へと戻っていった。

アーヴェイルが考えていたのは、命じられた使いのことではない。

――あの手。

書簡を入れた鞄を差し出した、アリアレインの手が、かすかに震えていたことを思い出していた。

その前の、ふざけたような、甘えたような態度も。

——不安でないはずはない。誰にも気付かれぬように、それを押し殺しておられるだけなのだ。

叱られるのを覚悟で戻るべきか、とふと考え、そういう扱いをお嬢様は望まないだろう、と思いなおす。

明かりの消えた書斎の窓を一度だけ振り仰いで、アーヴェイルは屋敷を出ていった。

その夜、アリアレインはほとんど眠れていなかった。

あのあと——アーヴェイルを送り出したあと、湯をつかって、侍女に化粧を落とさせて肌の手入れをしてもらい、着替えて寝室へ引っ込んだ時点で夜半はかなり過ぎていた。少しでも身体を休めなければと寝台に横になって目を閉じたものの、様々なことが頭の中をぐるぐると回って目が冴えてしまい、ほんのわずかまどろんだと思ったらもう空が白み始めていた。

寝台の天蓋をぼんやりと眺めて四半刻ばかりを過ごし、結局眠るのを諦めて床を出た。

ぐっすりと眠っているであろう侍女をわざわざ起こす気にもなれず、自分で着替えて顔を洗い、最低限の化粧をし、髪を梳いてまとめるまでにもう四半刻。

どうにか人前に——屋敷で働く皆の前に顔を出せる姿になったアリアレインの身体の芯に、ずしりと重い疲労が残っていた。何もかもを投げ出して寝台に戻りたくなるような気分ではあったが、為さなければならないことはあまりに多い。

こんなときにアーヴェイルがいてくれたら、という思いが頭をかすめ、アリアレインは自分の身勝手さが心底嫌になった。いてくれたらも何も、そのアーヴェイルを公用使として送り出したのは他ならぬアリアレイン自身なのだ。

複雑で困難な仕事を与えられ、途中で身体を休めることもままならない長い道のりだというのに、そのことには文句ひとつ言わず、頼られるのが嬉しいとまで言ったあの忠実で優しい従士に、今更ここにいてほしかったと言える義理などありはしない。

——そうよ。

休む時間すらなく出立し、おそらく一睡もしないままで、ひたすら街道を進んでいるであろうアーヴェイルの方が自分よりもよほど辛いはず。柔らかい寝台で横になることのできたわたしが、弱音など吐けるものではない。

萎えそうになる心を奮い立たせて立ち上がり、寝室を出る前に姿見で己の姿を確かめる。

簡素な出で立ちに少し疲れた表情。

これではいけないと姿勢を正し、背筋を伸ばし、胸を張って、鏡の中の自分に笑ってみせる。

眠れなかったにしては悪くない姿に、アリアレインには思えた。

廊下で行き会った侍女のひとりに、食事は軽いものを、書斎へ運んで、と言い置いて、アリアレインは書斎に向かった。

部屋に入ると、まずは窓際に行ってカーテンと窓を大きく開ける。外の光と風を部屋に入れると、少しだけ気分が落ち着いた。しばらく窓際に立ったまま、今日するべきことを指を折りながら数え上げる。

商人たちや商会との取引をできるだけ穏便に畳み、使用人たちの給金や紹介状の手配をして、聖堂へ出向き、屋敷から持ち出すものを選んで、残してゆけないものの処分の段取りをつけて……。

ほとんど数えきれないほどの処理すべき諸々があり、それらをひとつずつ片付けながら、おそらく飛び込んでくるであろう不測のあれこれにも対処しなければいけない。考えるだけでも憂鬱になる話ではあった。

だが、憂鬱であれ面倒であれ、自分で始めた話なのだから自分が動かないわけにはいかない。

愛用のペンと紙の束を取り出して、アリアレインはまず、先ほど数え上げた今日やるべきことをひとつずつ書き出していった。少しだけ考えて、最初に「やるべきことのリストを作ること」を付け加え、リストを終わりまで書き上げてから、最初の1行にさっと横線を引いて消す。

子供騙しのようなものではあるが、それでもやるべきことをひとつ片付けた、というのは事実だ。

では次を片付けましょうか、と独語して、アリアレインは次の項目に取りかかった。

早朝、誰もいないだろうと半ば儀礼的に書斎の扉をノックした祐筆のひとりは、予想外にも書斎の中からの返事を聞いた。声は己の主——侯爵令嬢アリアレイン・ハーゼンのそれだ。

主人の方が早く起きて書斎に出ているとは思わなかった彼は少なからず驚いたが、気を取り直して扉を開け、失礼いたします、と一礼して書斎へ入る。

「おはようございます」

祐筆にそう声をかけられたアリアレインは、手許の書面から視線を上げて、おはよう、と言葉を返した。

「お嬢様は、お休みになられなかったのですか」

心配そうな祐筆の言葉に、アリアレインは目と口許だけで笑い、ゆるゆると首を振った。

「休んだわよ。でも、早く目が覚めてしまって。——気が昂っているのかもしれないわね」

さようですか、とまだ心配そうな顔で頷いた祐筆が、棚から書類の束を取り出して机に置き、ペンとインクを用意する。

ひとまず昨夜の続きを、ということであるらしい。

そうこうするうちにふたり目の祐筆が書斎に顔を出し、先刻と似たような会話が交わされた。

3人目に現れたのが執事のスチュアートだった。

書斎に人数分が運ばれた簡素な朝食を摂り終えると、続々と祐筆たちが集まってきた。

昨夜はいささか遅くなったものの、今日の仕事に遅れた者はない。アリアレインを含めた全員が、食事を済ませて書斎に集合している。

「商人たちやあちこちの商会とは、穏便に取引を畳むことを優先します。個人商人くらいであればこちらからの未払い分はないでしょう。連絡がつかない商人がいるようなら、スチュアートから支払えるようにいくらか残しておきます」

個人としての商人と侯爵家のような上級貴族が取引をすることは多くはない。だが、後々芽が出うると考えれば、たとえ個人であっても目と手をかけておく、あるいは資金援助をして商売を大きくする手助けをする、といったことを、マレス侯爵家は積極的に行ってきた。

「資金援助分については、もう取り戻しようがないから諦めます。恩と思えば自発的に返しに来るでしょう。つまりわたしと父上の人徳次第、ということね」

肩をすくめたアリアレインに、座の中から遠慮のない失笑が漏れた。

無論それが咎められることはない。

「商会でうちと先方の両方に債権があるところは、相殺するように、念のため一筆書いておいて。こちらの貸し越しになっている分は、借り越しになっているところへ渡します。基本は8割5分、渋るようなら8掛けまでは値引いて構いません。商会同士の付き合いもあるでしょうから、どこのものをどこへ渡すかはスチュアートが主導して大枠を決めるように」

いいかしら、と視線を向けられた老執事が、黙って一礼して応じた。

「あまりあれこれ言わずに応じてくれたところには、国外の支店からマレスに繋ぎを付けられるように、それとなく話を通しておいて。うちからの船をコルジアに直接入れることはできなくなると思うから」

王都から川を下った先、海に面した外港の名を出したアリアレインに、老執事はかしこまりました、と答える。追放された上に頭を下げるどころか国を割ろうとするような令嬢がいる侯爵領からの船を、王都の膝下とも言える港へ、そうやすやすと入れてもらえるはずがなかった。取引を続けるとなればそれなりの手段が必要にはなるが、それにも相応の手順を踏まなければならない。

「それからスチュアート、給金の先渡し分と当座の払いは金庫の中身で足りそう？」

「今のところは問題ございません。とはいえ、何かと物入りではございましょうから、余裕もさほどはございませんが」

「それなら、今日のうちに、預けてある分からできるだけを引き出してきて。皆の紹介状はわたしが――と言いたいところだけど、わたしじゃない方がいいのよね。スチュアート、あなたの名前で出してあげて。文面は任せるけど、次になるべくよいところへ入れるように書いてあげてね」

心得ております、と老執事が笑みを浮かべて頷く。

よい紹介状を書けないような使用人はこの屋敷にはいない。どんな相手であれ、アリアレインかスチュアートのどちらかが直接会って採否を決めていたし、そうやって雇われた使用人たちは、みな主人の期待に応じた働きをしてくれているからだった。

「コルジアからの船の話は――送った使いが戻り次第、かしらね。あと誰か、荷馬車の手配を。騎士隊の分は考えなくて構いません。あちらはあちらで運搬の手段を持っているはずだから。うちの皆の荷造りは、合間を見て早めに進めさせて」

誰かがはい、と応じて、早速書面を作り始める。

「持ち出せる書類は限られてるから、必要最低限ね。スチュアート、あなたが統括。2~3人使って選ばせて。必要なら引き継ぎをお願い」

老執事が礼で応え、祐筆の中から3人を選んだ。その顔ぶれを見て、アリアレインは満足そうに頷く。

執政府とのやり取りを統括していた者、マレスに本拠を置く商会との取引を主導していた者、他の貴族家との取次役であった者。王都邸での仕事の軸を考え、持ち出すべきものを選ぶのであれば、ほかには考えられない人選と言えるからだった。

「忙しいところ悪いけれど、わたしは午後から外出します。わたし用の馬車を用意しておいて。クルツが朝のうちにこちらに来ることになっているから、随行は彼ね」

では、とめいめいが仕事を始める前に、アリアレインは一同を見回した。

「明日の昼過ぎにはここを出ます。あなたたちの支度もあるでしょうから、ここでまともに執務ができるのは今日の夜まで。——皆、頼んだわよ」

口々に了承の意を返した祐筆たちが仕事に取りかかる。

侯爵家王都邸の、長い一日が始まった。

奏任書記官ラドミールの帰郷

出仕しようと官舎の扉を開けた奏任書記官ラドミール・ハシェックに、どこかの従僕らしい若い男がうやうやしい礼をした。

路地の先の通りに、馬車が停まっているのが見える。

「ハシェック様、主から言いつかってお迎えに上がりました。そこに馬車を待たせております」

「お迎え」

ラドミールが鸚鵡（おうむ）返しに応じる。

心当たりがなかった。

「こちらを」

従僕が差し出した書状を手に取り、文面を確かめる。

何のことはない、出張の命令書だった。

至急、と朱の印判が捺されたそれは、たしかにラドミールに出張を命じている。行先は王都から西へ3日の旅程の小さな港町、マノール。

ラドミール自身の出身地だった。6年前に父が病で他界してからは、母がひとりで暮らしている。

わざわざ奏任書記官である自分がなぜ、と思う気分がなかったわけではない。

ラドミールが文句も言わず受け入れたのは、それが曲がりなりにも正規の命令書であったという以上に、仕事の状況が落ち着いていたことと、そして命令書の署名の下に記されていた追伸の一言が理由だった。

『たまにはお母様にお顔を見せて差し上げなさい』


署名と同じ、見慣れた筆跡。マレス侯爵令嬢、アリアレイン・ハーゼンのそれだ。

こういう気の回し方はいかにもあの侯爵令嬢らしい、とラドミールは小さく笑った。

なにか小さな公用があるのだろう。そして、自分の出身地を憶えていた彼女が、ではあの書記官に、と指名したのだろう。

王都に出てきてもう10年になるが、たしかにここ3年ほどは手紙と仕送りのやり取りだけで、母のもとへ帰ることもなかった。

そういう話を、彼女と——マレス侯爵令嬢と、したような記憶もある。

「すまないが、今の今ではまだ何の支度もない。それと、部下たちに一言書かねば。少々——そう、四半刻ほど、時間を貰っても？」

無論です、と従僕は頷いた。

官舎の中へ取って返したラドミールは、手早く旅支度を整え、机に向かっていくつかの短い手紙を書き上げる。

自分の元々の部下、アリアレインが差し向けてくれた祐筆、それに書類の整理役兼雑務要員としてやはりアリアレインが差し向けた下働きの男。

片道3日の旅だから、王都へ戻るまでには7日か8日を見込めばよいだろう、と、その間に予定されている仕事を挙げ、急ぎで処理せねばならないものだけに絞ってそれぞれに指示を出す。

残った仕事は自分の机に積んでおいてもらえればよい——戻ってから少々忙しくなるかもしれないが、数日もあれば十分取り戻せるはず、とラドミールは踏んでいた。

きっかり四半刻ののち、ふたたび官舎から出てきたラドミールは、書き上げた手紙をまとめて従僕に渡す。

受け取った従僕は、かわりにふたつの荷をラドミールに手渡した。

一方の封筒はマノールの代官に宛てたものだ。届けろ、ということだろう。

「こちらは、マノールで御用を済ませてからお開けください」

もう片方の包みを渡しながら従僕が言う。

「今ではなく、あちらで、ということだね。それは、侯爵令嬢が？」

「はい。そのように聞かされております」

意図を測りかねる話ではあったが、持ってみてもわかったのは意外に軽いということだけで、中身が何なのかはよくわからない。

あの侯爵令嬢のことだから、何か意味があるのだろう。そう思いなおして、ラドミールは馬車に乗り込んだ。

小刻みに揺れる馬車の座席で、ラドミールは目を覚ました。

いつの間にかうたた寝をしていたらしい。

小さな窓を開けて外へ目をやると、変わり映えのしない田園風景ではあったが、だいぶ山が近づいてきていた。

日はもう高く昇って、街道の両脇に広がる畑を照らしている。

刈入れの済んだ小麦畑、青々と葉を茂らせる甜菜（てんさい）の畑、今がまさに収穫期の芋畑。

今年の小麦はなかなかの作況だったな、と、ラドミールはいくつかの報告書を思い出した。

たしかにラドミール自身がそれを読み、王都へ送らせる量や各領地で備蓄すべき量を算定したのだから間違いはない。

見る限り、芋も甜菜も順調な様子ではある。細かいところで多少の収穫の増減はあるかもしれないが、天候不順で凶作、ということはなさそうだ。

そこまで考えてから、ふと思う。

——母のこともマノールへの公用も、あの侯爵令嬢にとってはついでに過ぎないのかもしれない。

広いこの王国で、どこにおいても不足が出ないよう農作物を備蓄させ、あるいはあちらからこちらへと動かす。それは不作や天災への備えとしては勿論のこと、危急の折に兵士たちを養うためにも必要なことだった。

様々な報告に目を通し、天文官や営農官の予測を聞き、不足や余剰に先回りして買い付けや放出、あるいは物資の移送のための指示を行う。それがラドミールの職務なのだ。

——実地を見よ、ということか。

あちこちからの報告を受けていれば執務には足りると思っていたが、作況をいち早く、詳しく、そして正確に知るためには、実際に見るに越したことはない。

無論、広い王国の農村の、そのすべてを見ることはできずとも、たとえば主要な穀倉地だけでも部下を送り込むなり自分で出向くなり、ということは可能なはずだ。今ならばどうにかそういった余裕もある。

そのような状況の自分に口実を設けてちょっとした旅をさせ、実地の検分を示唆するというのは、あの侯爵令嬢ならば考えそうなこと、と思えた。

——思えば最初から、そうだったのかもしれない。

ラドミールは侯爵令嬢と知己を得た、そのきっかけを思い出していた。

2年ほど前になるだろうか。
どこだかの侯爵令嬢が、王太子の婚約者として執政府の実情をじかに見たいと言っている、と伝

えられたとき、ラドミールは少なからぬ反発を覚えたものだ。

王太子の婚約者の来訪ともなれば仕事を中断して出迎えるのはもちろんのこと、失礼のないよう執務室を整え、職務について下問でもあればすぐさま適切な答えを返せるよう準備をしなければならない。

当時のラドミールと、そして部下たちにそのような準備を整える余裕など一切なく、それどころか来訪に伴う寸刻の中断すら惜しんで仕事をせねばならないような状況だった。こんなときに物見遊山の気分で来てもらっては困る、というのが、最大限控え目に表現したラドミールの心情だった。

「準備は一切要らない、とのことで」

「……そうは言ってもこの有様では」

来訪の旨を伝えにきた事務官の言葉に、複雑な気分でラドミールは応じた。

準備など必要ないとは言っても侯爵家の令嬢、このような有様を見られては王太子や大臣たちにどのような話をするか知れたものではない。そこで何かあれば、叱責を受けるのは自分や部下たちなのだ。

「いえ、その――侯爵令嬢から、仰せつかっているのです。仕事の中断はならぬ、特別の準備も禁じる、そうでなければありのままを見たことにならない、と」

「見ていただきましょう、ハシェック様」

言いにくそうに答える事務官に当てつけるように、いささか投げやりな口調で、部下の書記官が言った。

「どこの御令嬢だか存じませんが、実情を見たいと仰るなら見ていただけばよいではないですか。どのみち、訪問は明日でしょう？　今日これからここを片付けて取り繕ったところでたかが知れています」

まあそれはそうだが、とラドミールは唸った。

その日のうちに始末をつけねばならない仕事もひとつふたつではなかったし、それらを中断して部屋を片付けてもそうそう片付くとも思えなかった。何より、そんなことで自分と部下の食事や睡眠の時間をまた削るなどということは、ラドミールには許せそうになかった。

「本当にこのままでお迎えするが、それで差し支えないのだね？」

およそ他人を招き入れられる状況ではない、恐るべき有様の執務室を見回して、念を押すように尋ねたラドミールに、事務官ははい、と頷いた。

ならばもうどうとでもなれ、実情とやらをたっぷり御覧じろ、と、部下の書記官同様に投げやりな気分で、ラドミールは翌日の訪問を迎えた。

だが、処理しきれない書類がうず高く積まれた執務室を見ても、あの侯爵令嬢は非難めいたことをひとつも口にしなかった。

「ほかにここで働いている方はおられないのですか」

執務室の惨状を見て、そしてそこで働く書記官や事務官の、生気が削げ落ちた顔を見て、侯爵令嬢はそう尋ねた。

その何か月か前、どこかの部署で誰かが激務に耐えかねて倒れた、という話があった。

玉突きのように人事が行われ、最終的にラドミールの部署から同僚が——ラドミールと同格の奏任書記官が、ひとり消えた。

無論、仕事の量が減ったわけではない。

政治的に力の強くないラドミールの上司が様々な綱引きの結果として貧乏くじを引かされ、書記官をひとり引き抜かれた、ということだった。

悪いことにと言うべきか、引き抜かれた書記官は実に有能かつ社交的で、執政府のあちこちの部署に顔の利く人物だった。

簡潔に過ぎる引き継ぎの——しかしそれですら無理矢理にお互いの時間を捻出しなければならなかった引き継ぎのあとで、同僚が残していった仕事を抱えたラドミールと部下たちは、綱引きに負けた上司と大臣を心の底から恨んだ。

やがて部下の事務官がひとり倒れ、彼の職務も抱えねばならなくなったラドミールと部下たちがいよいよ限界を意識した頃、というのが、侯爵令嬢の来訪のタイミングだった。

官舎には寝に帰るだけ、というのであればまだしもましな方で、当時は何日執政府に泊まり込んだあとだったか憶えていない。

もはやいちいち説明するのも億劫になっており、そしてそのときもまさに山積みの書類と格闘していたラドミールは、いささか礼を失するほどの簡潔さで答えたものだ。

「おりません。これで全員です」

その返答にも、侯爵令嬢は顔色を変えなかった。

「わかりました。忙しいところ、邪魔をしてしまいましたね。いくらかでも手を増やせぬものか、殿下にお願いしてみましょう」

最初の日、執務室で交わした会話はそれだけだった。

次の訪問は1週間ほど後で、開口一番謝られたことを憶えている。

「申し訳ありません、殿下にあなたがたの窮状を伝えきれませんでした」

ラドミールにしてみれば、正直なところ、二度目の来訪があるとは思っていなかったし、殿下に伝えるというのもその場限りの口約束だとしか考えていなかったから、謝られたときには驚いた。

曖昧に受け流したその次の訪問はさらに3日ほどの後。

侯爵令嬢は、4人ばかりの文官を連れていた。

「報告を検めて分析し、計画を立てるところまではあなたがたしかできないでしょうが、その先はどうでしょうか」

文官を引き連れた侯爵令嬢は、そう言って小首を傾げた。

「文書の作成をしなくてよくなるのであれば、随分と変わると思います。今はそれが職務の時間の大半を食い潰しておりますから」

少し考えて答えたラドミールに、侯爵令嬢はにこりと笑って頷いた。

「では、この者たちを使ってください。ひとまずはこの部屋に溜まった仕事が片付くまで。その先は……また、相談しましょう」

それから2週間ほどで、執務室はひとまず見られる程度には片付いた。

溜まりに溜まった処理すべき書類の山が消え、整理することもできないまま積まれていた資料の山はそれぞれ適切な場所へ適切な方法で片付けられ、目を通すこともできていなかった報告書の山は回覧した書記官たちに書き込みを入れられて資料と同じように整理された。

そのようにして2週間が経った日の夕刻、ラドミールは久々に日暮れとともに執政府を出て、ゆっくりと食事をしてから官舎へ戻り、落ち着いて眠ることができたのだった。

執政府の他の部署でも似たようなことが起きていたこと、文官たちは侯爵家の家臣で、つまり彼らの働く分は侯爵家の持ち出しであることはしばらく経ったあとに別の部署で勤務する同期から聞いた。

ラドミールがいる部署では、今も侯爵家の家臣ふたりが仕事に加わっている。

あの侯爵令嬢は、月に3回か4回ほど手土産の菓子と茶を持って執務室を訪れ、四半刻ばかり話を聞いて帰ってゆく。

家臣たちの見舞いというのが理由だったが、どちらかと言えば書記官たちの方と話すのだから、見舞いというのは口実なのだろう。

それは仕事に関する世間話のようでもあり、上司には話せないことを吐き出す場でもあり、純粋に一息入れる時間でもあった。

誰も口に出して言うことはないが、無茶振りをするとき以外に顔を見せない大臣よりもあの侯爵令嬢を信頼している書記官は少なくない。ラドミール自身もそのひとりだった。

——彼女がいずれ王妃となったならば。

ラドミールは思う。

王太子殿下の代は言うに及ばず、その先二代三代と安泰な国を作られるに違いない。

最近、殿下との不仲が噂されることが心配ではあるが、婚約者となればそういった噂もつきものではある。

――いっとき他の女性に心を動かされることがあろうとも、あれだけの出来物を手放すことなどあろうはずがない。

侯爵令息クルツフリートの疑問

近衛騎士団マレス騎士隊の騎士３人は、その日の朝、侯爵家王都邸に到着した。

兜（かぶと）こそ被ってはいないが、３人が３人とも鎧を着込んだ騎乗姿である。

門衛は３人を丁寧に迎え入れ、厩へと案内した。

馬を預けた３人は、ひとりが玄関のあたり、もうふたりは奥へと、特に言葉を交わすでもなく散ってゆく。

あらかじめそういう手筈になっていたのだろう。

奥へ向かったふたりは、アリアレインの書斎の前で立ち止まった。

「若様、私はこちらで」

「うん、頼む」

年嵩のひとりが声をかけ、若い騎士――クルツフリートが応じた。

控えていた侍女を、いいから、と手で制して、ノックとともに中へ声をかける。

「クルツフリートです。お呼びにより参りました、姉上」

入って、という返事があった。

扉を開けると、中ではもう祐筆たちと彼の姉――アリアレインが忙しく働いている。

主君の令息が姿を見せたというのに、誰ひとりとして立ち上がって礼を取ろうとはしなかった。

クルツフリート本人も、それを気にした様子もない。

「姉上、このたびのことはまことに――」

言いかけたクルツフリートを、いいの、とアリアレインが遮った。

「クルツ、騎士隊に話は伝わってるわね？」

「はい。明日の昼過ぎには総員退去、と。全員がその予定で準備を進めています。――騎士館長ほかの幹部は徹夜をしておりました」

「よその騎士館の様子はどう？」

「聞き耳を立てている、というところですね、今のところは。公式には、姉上、あなたの追放刑の公布もまだですから」

「あなたたちの支度は？」

「3名とも、すぐに発てる状態です、姉上。従卒たちは騎士館に残しました。彼らにも準備がありますので」

「あれから準備を整えたということは、あなたたち寝ていないわね？　部屋を用意させるから、少し休みなさい。午後はクルツ、あなたはわたしに付き合ってもらいます。あとのふたりにも交代で休むように伝えておいて――スチュアート」

「はい」

アリアレインの傍らで何やら書簡を検めていた老執事が、視線を上げて応じた。

「クルツたちに部屋を。クルツは昼には起こしてあげて」

「かしこまりました、お嬢様」

老執事は書簡の束を机に置いて一礼し、こちらへ、とクルツフリートを伴って部屋を出ていった。

昼下がりの王都を馬車が走っている。

細かく揺れる馬車の座席で、アリアレインとクルツフリートが向かい合っていた。

「そういえば姉様、行先を聞いてなかったけど」

クルツフリートの口調は、朝の――侯爵の名代に対する公的なそれではなく、弟の姉に対するものだ。

「聖レイニア聖堂。あそこの大司教様と会う約束をしてるのよ」

アリアレインが口にしたのは、王都でも最も古く、最も大きな教会の名だった。

「姉様が修道院へ――ってことじゃないよね？」

だとしたら騎士館に来た話と合わないもんな、とクルツフリートが首を傾げる。

教会は教会によって統治され、世俗の権威や権力からは切り離されている。

つまり、王の名で宣告された追放刑の効果も、教会の中には及ばない。

出家して、以後世俗に関わらないことと引き換えに、罪の実質的な赦免を得る、というのは、古来よく用いられるやり方ではあった。

「クルツ、あなた、わたしに修道女なんて務まると思う？」

「思わない。だって姉様だもの、落飾するところなんか想像できない」

率直すぎる物言いに、アリアレインがくすりと笑う。

「ちょっとは遠慮しなさいよ、もう」

「遠慮や礼儀が欲しくて俺を呼んだわけじゃないでしょ」

まあそれもそうね、とアリアレインがまた笑った。

「――姉様、本気なの？　いや、俺も騎士隊の連中もやる気ではあるけどさ」

ひとしきり笑って真顔に戻ったクルツフリートが、声を一段落として尋ねる。

「本気。少なくとも、今は本気で牙を見せないといけないところだから」

「お互い引っ込みがつかなくなってるだけじゃなくて？」

どちらかが――現実的にはアリアレインが、不条理を受け入れて頭を下げてしまえば、話はそこで終わる。終わらせた方がよいのではないか、と問うクルツフリートを、アリアレインは灰色の瞳で正面から見返した。

「そうかもしれないわね。ただ、ここで唯々諾々として引き下がったら、侯爵家は終わりよ」

侮られて黙ったままでいればまた侮られる。

あいつは反撃してこない、と思われればまた攻撃される。

人でも家でも同じことだ。

ことに、マレス侯爵家のような尚武の家——武威をもってその地位を成り立たせている家で、その連鎖が起きればどうなるか。

それは家の威信と価値、そして存在意義そのものの失墜に繋がる。

ゆえに、侮られたならば理解させなければならない。

侮ってはならない相手だった、と。

——理屈としてはそうだろうけど。

理屈としてはそうであっても、それを即断してここまで事態を動かし、この後もそれを止めるつもりのなさそうな姉に、クルツフリートは底知れぬものを見た気がしている。迷う、あるいは戸惑う、ということはあるのかもしれないが、姉は常日頃、それをほとんど表に出すことがない。マレスにいた頃、というよりも、クルツフリートが物心ついた頃からそうだった。

「……アーヴェイルはどうしたの？　こういう事態なら、いちばん手許に置いておくべき部下だと思うけど」

クルツフリートが内心の動揺を誤魔化すように口にした名に、アリアレインは視線を逸らした。

「――公用使としてマレス街道を下らせたわ」

「執政府の公用使をうちとブロスナー侯爵家で引き受けてるって話は聞いてたけど」

王国の行政実務を司る執政府の公用使はつまり王の使いということになるから、いつどこの市門でも通り放題で、無論荷物を検められることもない。

ただし、いつどのように発生するかわからない公用のために使者と馬を常に待機させておく、というのは尋常でない準備と経費を必要とする。

文書によるやり取りが王国の隅々まで行き届くようになり、商業と流通が盛んになるにつれてその公用使の必要性は急激に拡大した。

しかし、その必要性を常に満たすだけの準備が、王室だけでできているわけではない。

書記官たちの数そのものが足りていなかった一件と同様、必要に合わせた体制の変化が追いついていないのだった。

執政府に文官を送り込んだときと同じように、アリアレインは公用使の人員と装備の一部を、侯爵家の持ち出しで用立てている。

「国庫に手を付けぬならば好きにせよ、と仰せだったもの、殿下が。執政府には歓迎されたしね、文官派遣の件も公用使の件も」

諸卿が居並ぶ前でアリアレインが述べた、執政府の官吏を増員すべしという提言を、王太子は手を振って遮り、好きにせよ、ただし国庫に手を付けぬならば、と答えたのだった。

以来、アリアレインは『好きに』している。

公用使の一件に関しては、王国の西半に広大な穀倉地を領するブロスナー侯爵家を巻き込んでもいた――王都よりも西側までは手が回りきらなかった、ということもある。

「ふぅん……追放するのに取り上げもしないんだね」

「『許してください』って頭を下げる前提になってるでしょうし、そもそもうちがどれだけ食い込んでるか、詳しくは知らないんでしょう」

「それで公用使ね。どんなことやらせてるのかは聞かないけど、アーヴェイルでよかったの？」

「彼は――わたしの切り札だから」

――『わたしの切り札』。父上の、でも、侯爵家の、でもなく。

たぶん姉が自覚しているであろう深い信頼と、自覚していないかもしれない別のなにか。

姉様はそれでいいの、という問いを、クルツフリートは呑み込んだ。

会話が途絶えた馬車の中に、規則正しい車輪の音だけが響いていた。

第3章

侯爵令嬢アリアレインの出立

KOSHAKU REIJO ARIALEIN NO TSUIHO

昼を回り、太陽が傾きかけた頃。侯爵家王都邸では、使用人たちが忙しく立ち働いている。

大量の文書の作成と処理とを任された祐筆はもとより、それをあちこちへ届けねばならない従僕、出立のための準備をしなければならない馬丁や御者にも休んでいる暇はない。

侯爵領へ出向かない者たちも同様で、屋敷での仕事を辞めて出ていく者は己の仕事のほかに荷物をまとめて支度をせねばならない。屋敷に残る者たちだけが、辛うじて普段の仕事を普通にこなすことが許されている、というような状況だった。

とはいえ、だからといって己のみ安穏としているような使用人はこの屋敷にいない。

執事として屋敷の管理を任されているスチュアート・スティーブンスにしてからがそういった性格であったし、彼や彼の女主人であるアリアレインが面談でもって採用を決めた使用人たちも、おおむね似たような仕事への熱意を持っている——無論、そういった熱意を持たせるだけの待遇があればこそ、ではあるのだが。

スチュアートがフェリクスに——若い庭師に行き合ったのは、小さな中庭でのことだった。籠にいっぱいの香草や野菜、根菜を抱えている。キッチンガーデンの管理も庭師の仕事の一環で、彼はそれを今日も忠実にこなしているのだった。

王都邸執事スチュアートの饗応

「それが今日の？」

「ええ、夕食用です。お屋敷がどうでも、みな食事は必要ですからね。キッチンから言われればいつでも、ってやつですよ」

道を開けて何気なく声をかけたスチュアートに、足を止めてフェリクスが応じた。

その間も、渡り廊下を幾人かの使用人が通り過ぎた。無理のない話ではあったが、皆が皆、忙しなく動いている。

スチュアートの目には、彼らが余裕を――屋敷を滞りなく切り回すために必要な余裕を、失っているように見えた。

「その籠、それはわたくしがキッチンへ届けましょう。かわりに、少々、ガーデンから取ってきていただきたいものがあるのですが」

普段あまり表情を変えることのないスチュアートが片眉を上げて言うのを、フェリクスは面白そうに聞いている。

「ミントをいくらか、それと――」

執事が挙げたいくつかの品を頷いて聞き、庭師は、それならば季節の花をいくらか添えましょう、と提案した。

「ああ、それは趣があってよいですな」

「そのあたりを、こう、ガーデン用の小さなテーブルに乗せて」

答えた執事に、庭師が手振りで伝える。

「ますます結構。では、お願いしましたよ」

笑顔で頷いて籠を受け取り、庭師と目礼を交わして、スチュアートはキッチンへと向かった。

籠を持ってキッチンへ出向いた執事を、ふわりとした甘い匂いが出迎えた。

王都邸のキッチンでは週に二度、決められた日の午後に焼き菓子を作っている。今日がちょうどその日なのだった。

「おお、やっていますな」

「一体なんのご用ですか、執事様?」

結構結構、と言いながら顔を見せた執事に、渋い顔で料理長が応じる。

キッチンはあくまでも料理人たちの領域で、料理に関しては家政を司る執事の権限の及ぶところではない。

「いやいや、なにもあなたの職場を荒らそうという話ではありませんよ、料理長」

キッチンガーデンの産物が入った籠を手渡しながら、執事が言った。

「いま屋敷の中を見て回って来たのですが、皆さんどうにも余裕を失っておいでだ。いつもどおりなのはここくらい、こういうときですから書斎が忙しいのはまあやむを得ないとして、皆が皆、急(せ)き立てられるようにして働いている。これはどうにも、いただけません。そうは思いませんか？」

執事の言葉をひとまずは聞き、それで、という顔で、料理長はちらりと視線を執事に向けた。

その間も、型から焼き菓子を取り出してゆく手が止まることはない。

「そこでその焼き菓子です」

「『四分の一ケーキ(クオタニティ)』」

ぶっきらぼうと言ってよい口調で訂正した料理長にも、老執事は動じない。

小麦粉と砂糖、バター、ミルクをちょうど同じ量――四分の一ずつ使って焼き上げる四分の一ケーキは、簡単なレシピでありながら生地に混ぜるもので見た目も味も様々に変わる、この屋敷では定番の焼き菓子だった。

「そのそれです。絶品ですな」

「絶品かどうかはまだ。味見もしておりませんから」

つまらなそうに応じた料理長に、いつも絶品ではないですか、とまぜ返して、執事が続けた。

「お嬢様も祐筆たちも、食べるような暇はそうはないでしょう。お客様の予定はすべて取り消し、約束のない方は無論お断り。――となると、その四分の一ケーキは余ってしまいますな」

「そうなるかもしれませんが、生地のままでは傷みます。焼いてしまわねばなりませんでした」

「では、せっかく焼き上げていただいたものでございますし、皆に振る舞ってしまいませんか。屋敷の皆に」

料理長の手が止まった。

焼き菓子はもう焼いてしまった。本来供されるべき人は食べることができない。

料理長とて、なにも捨てたくて作るわけではない。

「――お嬢様がなんと仰るか」

「名案だ、と仰いましょう。あのお嬢様ですぞ」

迷った料理長が出した主人の名前に、老執事は即答した。

料理長は小さく苦笑して、たしかに、と応じた。

老執事と料理長にとって、己が仕えるアリアレインはそのような人物だった。

仕事には厳しくとも配下の者たちには優しく、それぞれの仕事ぶりに報いることをけっして忘れない。

忙しく働く皆に振る舞いたい、と持ち掛ければ、そうしなさいと答えるに違いなかった。

「お嬢様がお戻りになられたあとで、書斎にはいくらかわたくしがお持ちしましょう。皆の分は、中庭にフェリクスが場所を作ってくれております。いくつか道具を貸してはいただけませんか。大きめの水差しと――」

四半刻後、中庭に、小さなテーブルがいくつかしつらえられた。

テーブルに乗せられた大ぶりの水差しは、ミントが入ったもの、輪切りにされた柑橘が入ったもの、と様々な種類がある。

テーブルごとに、控え目な美しさの季節の花が飾られ、通りがかる使用人たちがちらちらと視線を向けていた。

そこへ、小さ目に切られた四分の一ケーキをトレイに乗せた料理人たちが現れ、それぞれのテーブルに置いてゆく。

「さあさあ、皆さん、」

ぱんぱん、と手を打って、執事が声を張った。

「お嬢様の振る舞いでございますぞ。当邸自慢の四分の一ケーキで一息入れましょう。お嬢様の振る舞いでございますぞ！」

言いながら、手近にいた使用人のひとりを、さあこちらへ、と手招きした。

「サーブなし、立ったままで申し訳ありませんが、それでもケーキは絶品でございます。さあさあ！」

では、と手を伸ばす使用人に、執事がどうぞと頷いてみせ、ひと齧(かじ)りした使用人が笑顔になった。

通りがかった仲間を手招きし、あなたも食べて、と手振りで示す。

それをきっかけに、中庭に使用人たちの人だかりができ始めた。

「うまくいきましたな」

一息入れては三々五々、それぞれの持ち場へ戻ってゆく使用人たちを眺めながら、執事が言った。

「焼いた甲斐があったというものです」

傍らに立つ料理長が応じる。

「やはり絶品でしたなあ」

クルミを生地に混ぜ込んだもの、ドライフルーツを混ぜ込んだもの、フルーツを切って乗せたもの。

様々な種類のケーキは、どれももうほとんど残っていない。

「幾年も焼いているものですからね。しかし、お許しも得ずに、よかったのですか？」

焼いたケーキを、主人が不在のまま、振る舞いと称して使用人たちに食べさせてしまった、そのことを料理長は指摘していた。

「いらっしゃれば、必ずや、それでよいと仰ったはずです。あなたもそう思うから反対なさらなかった。違いますか」

笑顔のままに断言した老執事に、まあそうですが、と料理長が頷く。

「ご存知かどうか、あの方は、屋敷で働く者すべての名と顔を憶えておられます。わたくしやあなたは言うに及ばず、キッチンや洗い場で働く者も、ランドリーで働く者も、日々屋敷を掃除する者たちも、すべて」

それぞれの持ち場を離れることがほとんどない使用人たちの、その誰もが、アリアレインと直接言葉を交わしたことがある。採否を決める面談のときに口に出しただけの家族の近況を尋ねられて驚いた使用人も、ひとりやふたりではない。

「あのお嬢様であれば、そうもありましょう」

納得の表情で、料理長が頷いた。

人並み外れた記憶力。常に的確に物事を捉える客観性。いくつもの選択肢を生み出す思考力。そしてそれらに裏打ちされた、迷うことのない判断力。

侯爵令嬢の世評はそのようなものだが、屋敷の使用人たちにとってはそうではない。

仕事に厳しく、しかし屋敷で働く自分たちのことを常に気にかけてくれる、若い女主人。

使用人たちのひとりひとりの顔と名を憶え、下々の者であってもじかに話すことを厭わない。

そうであればこそアリアレインは使用人たちに敬愛され、残らねばならないような事情のない者は、そのほとんどがアリアレインとともにマレスへ赴くことになっている。

「あなたは、よろしかったのですかな」

料理長はその、数少ない、王都の屋敷に残る使用人のひとりだった。

「いやいや」

執事の言葉に、料理長は笑顔で応じる。

「あの庭師と変わりませんよ。使い慣れたキッチンを、そう簡単に離れられるものではありません。それに、料理長は屋敷にひとり、ですからね」

料理長の返答に、今度は老執事が小さな笑みをこぼした。

「なるほど、では引き続き」

「ええ、よろしくお願いいたします」

ふたりの重鎮は笑顔で礼を交わし、中庭を離れた。

短い休憩の時間は終わり、ふたりにはこれからまだ、それぞれの仕事があるのだった。

王都大司教ヴァレリアの困惑

「——これは」

聖堂の一室へ案内された侯爵家の姉弟を前に、古神正教会の大司教ヴァレリアは驚きを隠せずにいた。

「ご面倒をお掛けしますが、猊下」

背筋を伸ばして座る小柄な侯爵家令嬢が重ねて言い、2枚1組になった書面をつい、と押す。

「よろしいのですか、ハーゼン様？」

「事情はお話ししたとおりでございますので」

婚約解消に追放、どう考えても理の通る話ではない。

だというのに、この提案はどういうことなのか。

侯爵令嬢の身に降りかかった事情とその令嬢の行動が、ヴァレリアの中でうまく繋がらずにいる。

「教会から王太子殿下に取りなすこともできます、ハーゼン様。お話を伺うに、あまりに――」

皺の刻まれた頬を歪めて、年老いた大司教は首を振った。

「お心遣いに感謝を。でも、起きてしまったことは変えられません。殿下も、ひとたび宣告なさった処断を取り消そうとは思われないでしょう」

侯爵令嬢は静かに応じた。姉と並んで座るクルツフリートは、表情を変えない。

ただ、内心では、そりゃ姉様が頭を下げないからだろ、と思っている。

「ですから猊下、わたしは仕方ないとして、教会には残る者の保護をお願いしたいのです」

言いながらアリアレインは、優雅な手振りで机に乗った書面を示す。

白髪の老大司教は悲しげにため息をついて、書面に目を落とした。

「もちろん、それはハーゼン様、あなたの望まれるようにいたします。しかし――やはり理の通らぬことは通らぬこととして、わたくしからも」

老大司教が重ねて提案した援助を、アリアレインは柔らかい笑みとともに謝絶した。

「お心遣いのみ、猊下。教会は世俗のことに関わってはなりません。もし関わらねばならぬことがあるとしても、このような些事で関わるものではありません」

「ご自身の追放を些事と仰られますか」

「教会そのものの権威に比べれば些事でしかありません。わたしひとりのことですから」

己の名誉と命が危険に晒される追放の処断を些事と言ってのけるのは尋常のことではない。

だが、アリアレインの返答は簡潔なものだった。

その答えに、大司教はため息を漏らす。

アリアレインの父である当代マレス侯爵に代替わりして以来、マレス侯爵家――ハーゼン家は、王都の教会に多額の寄進をしつづけている。

何かと縁の深いハーゼン家の令嬢に降りかかった不運に、大司教は深く同情しているのだった。

だが、実際問題として、王の名でもって行われる裁きにいちいち教会が口を挟むわけにはいかない。

それがたとえば、教会の司祭や修道士に、あるいは教会そのものに関わる話でもなければ、教会が口を挟む謂れもないのだ。

理屈は理屈として理解できるが、その理屈はすぐに飲み込めるようなものでもない。

それでも現実問題として理屈は理屈であり、教会の外の世の中は、大概が理屈と建前で動いている。

古神正教会の大司教ともなれば、俗世の理屈と教会の理屈、そのそれぞれを把握していなければ務まらない。だからヴァレリアは教会の理屈に従うことを決めた。教会の理屈を曲げて己の情に流されれば、目の前の条理を重んじる侯爵令嬢の――アリアレインの頼みそのものを果たせなくなる可能性すらあるからだった。

老大司教は黙って首を振り、机の上の書面に手を伸ばした。

「内容に異存はございません、ハーゼン様。たしかにお引き受けいたします」

もう一度書面に視線を走らせ、顔を上げて、気遣わしげに付け加える。

「残られる方はこれでよいとして、ハーゼン様、あなたと弟君はいかがなさるのですか」

自身を気遣う老大司教に、アリアレインは微笑み、頷いて応じた。

「ひとまずは郷里へ。そのあとは父と相談をせねばなりません。明日の夕方までには屋敷を引き払います」

おや、と指を折って数をかぞえた老大司教が、怪訝そうに首を傾げる。

「追放の日限は、明後日の夕刻だったのではありませんか？」

小さく笑ったアリアレインが、はい、と頷く。

「仰るとおりですが、ただ待つのは性に合いません。それに、こうなった上は、潔さのひとつも見せなければ」

そうですか、と老大司教が肩を落として頷く。

端正な姿勢で目の前に座り、まっすぐに自分を見つめる侯爵令嬢の決意は、どう言葉を尽くしても曲げられそうにない、と理解していた。

侯爵令嬢の視線から逃れるように、しばらくの間、無言で書面を見つめていた彼女はひとつ息をつき、ペンを取り上げて2枚のそれぞれに署名を入れた。

「無理な願いをお聞き届けくださったことに感謝を、猊下」

書面のうちの1枚を手に取ってクルツフリートに渡し、アリアレインが席を立つ。

「くれぐれもよろしくお願いいたします。何かありましたら、当家執事のスティーブンスにお尋ねください。彼ならばすべてを承知しています」

書類を受け取ったクルツフリートがそれを紙挟みに入れ、姉に倣って立ち上がる。並んだふたりは深々と頭を下げた。

「ハーゼン様、どうかそのようなことは。大きな恩を受けながら、このようなときに何もして差し上げられないことを、わたくしこそがお詫びせねばならないのですから」

慌てたように言う老いた大司教に、アリアレインはもう一度首を振った。

「いいえ、猊下、お願いをするのがあなたであればこそ、わたしたちは心残りなく王都を離れることができるのです」

静かに微笑するアリアレインの表情の中に、口にした言葉と違うなにかを、大司教は感じ取った。

それが何かはわからない。

――でも、俊才と評判の高い彼女であれば。

この頼みにもきっと、明確な意味と目的があるのだろう。

そして今はそれをわたくしに話すことができないのだろう。

「あなたたちのご無事と幸運を祈ります、ハーゼン様。慈悲深き天の父と、慈愛あまねき天の母の御名において」

そうであればわたくしにできるのは、祈ることと、そして結んだ約束を誠実に守ることだけ。

結局のところ普段とそう変わるものでもないのね、と大司教は思う。

もう一度丁寧な所作で礼をして退出するハーゼン家の姉と弟を、大司教は黙って見送った。

侯爵令嬢アリアレインの煩慮

その日も夜遅くまで、侯爵家王都邸の慌ただしさは続いた。

苦労の甲斐あってと言うべきか、アリアレインが王都を発つに当たって、やっておくべきと考えていたことの大半は見込みがついている。

付き合いのあった商会との取引はほぼ穏当に清算し、事情を含められる相手には含め、最低限必要な物資や金銭のやり取りを続けられるだけの準備を整えた。

使用人たちの給金や紹介状は、必要な相手には配り終えている。あとはアリアレインと連れ立ってマレスへ下るか、屋敷に残るかだ――マレスへ向かうものはアリアレイン自身が、屋敷に残る者はスチュアートが面倒を見ればよい。

王都に残る者たちの保護は教会に依頼し、受け入れられた。

持ってゆけないものの始末はおおよそ目処が立っている。

無論、代償もある。

朝からほぼ丸一日、数多くのことを考え、判断してきたアリアレインは、身体よりも頭が疲れ切っていた。ようやく休めるようになった今も、今日一日に考えたことと決断したことがぐるぐると頭の中を回っている。

明日に備えて休まねばならない——むしろ今日までは明日からの準備に過ぎず、明日からこそが正念場なのだと、そのように理解はしていても、簡単に頭を切り替えて眠ることなどできはしなかった。

王都に上り、父侯爵の名代を任されて2年。今日よりも慌ただしい日は幾度もあった。

休む時間もなく、遠く離れたマレスにいる侯爵の判断を仰ぐこともできないまま、様々なことを決め、必要なだけの人と資金を投じて難題を解決したことも一度や二度ではない。

しかしそういった日の夜でさえ、昨日今日の夜ほどの疲労感はなかったし、眠れなかったこともない。

昨夜あまり眠れなかったせいもあってか、今日は幾度も今そこにいないはずのアーヴェイルを呼びそうになった。王都に上ってから毎日顔を合わせていた補佐役なのだから、無理からぬところではある。

口を開きかけて辛うじて声には出さず、不自然な半拍ほどの間を置いて、大概がスチュアートを、そうでなければその場にいる祐筆の名を、アリアレインは呼んだ。

そのたびに言いようのない心細さを覚え、自分が嫌になり、心の中で自分自身を叱りながら、アリアレインは今日の執務をこなしたのだった。

——今頃どうしているかしら？

寝台の天蓋を眺めながらアリアレインが思い浮かべたのは、送り出したアーヴェイルのことだ。

街道をマレスまで下るには最低4日。その途上で様々なことをこなすとすれば、休める時間はほとんどない。かならず行うべきことと余裕があればしてほしいことに分けて伝えはしたけれど、あの忠実で有能な従士は、及ぶ限りすべてをやり遂げようとするだろう。

思えばアーヴェイルは、あの理不尽な処断に本気で腹を立ててはいたけれど、アリアレイン自身の無茶とも言える決断には――王太子に抗うという決断には、一切の異を唱えなかった。アリアレインが可能と判断したならば問題ないと考えているに違いなかった。

アーヴェイルにもスチュアートにも、そしてその他の祐筆たちを含めた王都邸の執務陣の全員に――つまりは書斎の面々のすべてに、アリアレインは、自分と異なる意見を持つのであればそれは必ず聞かせるように、と伝えていた。主が誤っていると考えたなら、それを諫めないのは仕える者として任を全うしたことにならない、とまで言って。

書斎の面々の中では、その点で、アーヴェイルが最も遠慮と無縁だった。祐筆たちとアリアレインが少なくとも10歳近くは離れる中、アーヴェイルは歳も近く、気心が知れているという部分もあったのだろう。疑問や異論を口に出すという形だけでなく、態度や仕草でそれとなく再考を促されたことも度々のことだ。

そうでありながら、ひとたびアリアレインが決断してしまえば、疑問や異論など最初からなかったかのように忠実に、アリアレインの判断と指示に従う。

無論、いつもアリアレインと意見を異にするわけではない。意を汲んで先回りして準備を整えることもあれば、異論を唱えるほかの面々の説得に回ることも、そしてアリアレインとほかの面々の間に立って落としどころを見つけることもある。だからこそアリアレインはそんなアーヴェイルに、誰よりも積極的に意見を求めてもいた。

そこまで考えて、ああそうなのね、とアリアレインは思い至った。

誰よりも自分を理解して、意を汲んでくれるアーヴェイルに、自分はずっと甘えていたのだ。

——昨夜だってそうじゃない。

あのとき、アーヴェイルを送り出したとき、正体のわからない不安に震えた自分に、アーヴェイルが気付かなかったはずはない。ほんのわずかな間だけだったけれど、差し出された鞄を黙ったまま見つめるアーヴェイルの姿が思い出された。

不安で、でもそれをアーヴェイルには知られたくないと思った。

きっといつものように、汲んでくれたのだろうと思う。アーヴェイルはそのことには一切触れずに鞄を受け取り、笑顔さえ浮かべて、真夜中の街道へと出ていった。

——今頃どうしているかしら?

つい先刻と同じことをもう一度考えて、アリアレインは寝台から起き上がった。

夜着の上から薄衣を肩掛けに羽織り、窓の掛け金を外して開ける。

東側に開いた窓の先に、無論、街道をゆく従士の姿など見えはしない。

ただ、地平線から上ったばかりの下弦の月が、冷たく王都を照らしている。

——ねえアーヴェイル。

秋の夜気に身を晒して月を見つめ、アリアレインは心の中で呼びかけた。

今も街道を駆けているの？

それとも少しは身体を休められているの？

どこかでこの同じ月を、あなたも眺めているの？

答えなど、帰ってくるはずもない。それでも、

「――どうか無事で。頼んだわよ」

送り出すそのときに伝えた言葉をもう一度小さく口に出して、アリアレインは窓を閉じた。

目を覚ましたアーヴェイルの視界に、見慣れない天井がぼんやりと映る。

マレス街道を東へと下る途上、小さな街にしつらえられた宿駅の仮眠室だった。

「公用使様」

宿駅で直についていた衛士が低い声で呼んでいる。

「ちょうど四半刻でございます。替え馬の支度が整いました」

「――ああ。ありがとう」

四半刻で睡眠が足りるはずもなかった。

――せめて1刻、いや半刻でも眠らなければ、遠からず疲労で潰れてしまう。

そう思いながら、今ひとつはっきりしない頭を振り、簡素な寝台の上で身体を起こす。

意識が明瞭になるにつれ、勝手なものだ、とアーヴェイルは小さく苦笑した。

先を急ぐゆえ四半刻で必ず起こすよう、と衛士に言ったのはアーヴェイル自身だったからだ。

通例、公用の急使であっても、1日を越える行程を駆け通すことはない。

街道の中途にあるそれなりの大きさの街であればどこでも、宿駅には公用使が待機している。そこへたどり着いたならば、あとは中身ごと鞄を渡し、必要であれば発出元からの書状を見せて、どこそこへ、と伝えればそれでよい。その先は、その宿駅の公用使が半日なり1日なりの行程を進んで更に次の公用使に渡す。その連鎖でもって公用の信書を運ぶのが公用使という制度の仕組みなのだ。

王都からマレスまでは、公用使を使っておおよそ4日。

無論、馬と公用使を「継いでゆく」のが前提だ。ひとりが通しで駆けて4日、という話ではない。

そのような例がないわけではなく、機密に属するような内容を送るとき、あるいは公用使本人が口づてで何かを伝えねばならないときは、ひとりが全行程を担当することになる。

たとえば、今回のように。

アーヴェイルがアリアレインから言いつかった役目は、伝達であると同時に謀でもある。

目的外のところで内容を漏らすわけにはいかないし、王太子たちが気付いて対応する前に仕掛けきらなければ意味がない。

そして、アーヴェイルの失敗は謀の失敗を、つまりアーヴェイル自身のほぼ確実な死と、アリアレインの計画の破綻を意味している。

何がどうあっても失敗するわけにはいかず、さりとてゆっくりと時間を使うことができるわけでもない。

条件としては無茶な話ではあったが、アーヴェイルはそのことに不平を鳴らす気などなかった。王都邸を出立する折の言葉は——頼られることが嬉しいと言ったその台詞は偽りでも誤魔化しでもなく、アーヴェイル自身の心から出たものだ。

——そうであれば。

ゆっくり休むなどという贅沢は、すべての片が付いてからでよい。

「すまないが、水を1杯いただけないか？」

「軽いものでよろしければ、食事もご用意できますが」

衛士の申し出に、アーヴェイルは首を振った。

食事を摂れる時間があるのなら、今はその分眠っていたい、というのが本音だった。

「ありがたい話だが、今は時間が惜しい。次の宿駅ででも摂らせていただこう」

では水を取ってまいります、と衛士は退出し、束の間、アーヴェイルは部屋に残された。

念のため、と鞄を開けて、もう一度中身を確認する。

封筒の数を確かめ、白い布包み——携帯糧食を確かめる。

ふと、この場には——宿駅の仮眠室にはいささか場違いな香りが、ふわりと漂った気がした。

柑橘系と針葉樹の入り混じった香りは、あの書斎で常に感じていた、アリアレインが普段から使っている香水のそれだ。封筒や書状についた残り香でもあるのだろう、とアーヴェイルは思う。

そう認識すると同時に、いくつものことが思い出された。

不安を押し殺した態度と表情。かすかに震えていた手。

頼られるのが嬉しいと言った自分に、小声で答えて目を伏せる仕草。

それらに、あるいはそういったものの根源にある不安に、触れられないことがアリアレインの望みだと思ったから、なにも気付かないふりをしてアーヴェイルは出立した。

――お嬢様は、なにを恐れておられたのだろうか。

叛逆そのものや王太子であるはずがなかった。

それらはあの広間から退出して屋敷に帰る前までに、様々な可能性を考慮した上で決めた話であるはずだ。決める前に悩むことはあったかもしれない。だが、決断のあとに後悔するなどアーヴェイルの知るアリアレインに最も似つかわしくないことだった。

では一体何を、と考えてみても、思い当たるところはない。

だが、勘違いとして済ませてしまうにはあまりにも明確に、アリアレインの様子は普段のそれと違っていた。

なかなか心の内側を表に出そうとしない年下の女主人の、本心を明かす数少ない相手が自分だと、アーヴェイルは思っていた。無論、王太子の婚約者にして侯爵家の名代ともなれば、アーヴェイルにすら見せない、見せられないものを抱えてはいるだろう。

それでもマレスを離れて2年間、護衛を兼ねた補佐役として仕えていれば、少々難しいところのある侯爵令嬢の考えていることは、何とはなしにという程度であっても、わかるようになってくる。

だがあのとき、アリアレインが何を思い、何を恐れてあんな態度を取っていたのか、アーヴェイルにはまったく推測もできなかった。

常に側にいる補佐役として、歳の近い部下として、アリアレインは自分を信頼してくれていたと、アーヴェイルは思っている。その証左がこの役目だ、とも。

そしてアーヴェイル自身もまた、アリアレインを、その能力と度量と気性とを、深く信頼している。若くして侯爵家の名代という重責を担い、そしてその立場に相応しい力量と態度を示し続ける己の主人に、敬意をもって接している。

だからこそ今回もアリアレインの判断を容れ、その計画の一端を担えることを誇りと喜びとして、自分は今ここにいるのだ。

——本当に、それだけか？

アーヴェイルの中で、もうひとりの自分が問う。

長く蓋をしてきた問いだった。

それは問うことも答えることも許されないものであったから。

——本当に、ただ信頼と敬意だけなのか？

今はそんなことを考えるときではない、と思いながら、それでも、一度問いかけてしまったものはもう頭から離れない。

迷う思考を断ち切るように響いたノックの音に、アーヴェイルは少なからず助けられた思いになった。

ひとつ息をついて、どうぞ、と応じると、水差しとマグを手にした衛士が顔を出す。

机に置かれた水差しからマグに水を注ぎ、それを一息で飲み干して、アーヴェイルはありがとう、と衛士に頷いた。

簡素な造りの机から鞄を取り上げて肩から斜めに掛け、鞄の下側に取り付けられた留め金をベルトに通して固定する。それは、騎乗した際の鞄の揺れを防ぎ、万が一肩紐が切れるようなことがあっても鞄そのものが落ちることのないように、という、公用使用の鞄の工夫だった。

そうやって身体に固定した鞄の上から外套を羽織れば、もうそれで身支度は整ってしまう。

「馬は？」

馬はこちらに、という衛士に先導されて厩舎へと向かう。

ランプの明かりが照らす中で、ここまで乗ってきた馬が馬房に繋がれ、飼葉桶から飼葉を食んでいた。

替え馬は馬房から引き出され、馬衣と鞍を着けられて騎手を待っている。

道中どうかお気をつけて、という衛士の声に送られて、アーヴェイルはふたたび馬上の人となった。

時刻は夜半を過ぎたところだった。

地平線から上ったばかりの、下弦の月が、さえざえと街道の石畳を照らしている。

月の浮かぶ東に向けて、アーヴェイルは早足で馬を進めた。

王太子エイリークの算段

「そなたたちも既に聞き及んでいるかもしれぬが」

その日の昼過ぎ、王太子エイリークは、執務室に集めた諸卿を前に切り出した。

「一昨日、余はマレス侯爵の息女、アリアレイン・ハーゼンとの婚約を解消した。また、王国の貴族として相応しからぬ行いがあったゆえ、アリアレインは追放刑に処した」

9人の諸卿——各省の大臣たちが一斉に頭を下げて賛同の意を示す。

そこに驚きの色はない。2日前のいきさつは、宮廷貴族たち全員の耳に届いている。

「そうなりますと殿下、新たなご婚約者様を定めねばなりませんが」

王太子の言葉を引き取る形で言葉を継いだのは式部卿だ。

貴族としての爵位と紋章の管理を担当する役目柄に沿った発言ではあった。

「新たな婚約者ならば、もう決まっておる。ノール伯爵令嬢、クラウディア・フォスカールだ」

「よいご人選かと、殿下」

エイリークの言葉に、内務卿が柔和な笑顔で頷く。

2日前と同じ台詞だった。

「お父君、ノール伯爵も堅実に御領地を治めておられる。中央へ乗り出そうという思惑もございますまい」

内務卿の言葉に、幾人かが頷く。

世評を信じるのならば、ノール伯爵が中央へ——つまりここにいる諸卿の職域へ、乗り出して来ようとは思われない。

外戚として権勢を振るおうというような人柄ではなく、そしておそらくそのような能力もない。

諸卿としてはまさに、よい人選なのだった。

「通例では、妃殿下のお父君となりますと、一代侯爵でございますな」

式部卿が確かめるように言った。

王の、あるいは王太子の妃は通常、侯爵家の令嬢から選ばれる。とはいえ侯爵家は国にふたつだけだから、そもそも適齢の侯爵令嬢がいないこともままある。また、そういった場合に限らず、伯爵家や子爵家の令嬢が見初められることも珍しくはない。

そのようなときには、妃の父を、あるいはそれに相当する立場の者を、当代限りの侯爵として形式上の家格を整える、ということが行われるのだ。

「それで問題なかろう」

王太子が頷く。

あくまでも形式上の爵位であるから、領地の加増などがついてくることもない。宮中の席次が上がり、先に礼を取らねばならない者が増えるだけだ。

「では、お披露目と同時に一代侯爵として昇爵されるよう整えます。フォスカール嬢も侯爵令嬢、ということになりましょうな」

式部卿がそう言って一礼した。

うむ、と王太子が鷹揚に頷く。

「フォスカール嬢とお父君のことはそれでよろしいとして、殿下」

別の話を持ち出したのは法務卿だった。

「追放刑となれば、段取りを整えねばなりません。発効は明日の夕刻と承っておりますが」

法務卿は名のとおり、法と裁判を司り、法が正しく執行されるよう統括する立場である。このあたりの話を気にするのも、当然と言えば当然のことではあった。

「ああ、3日間の猶予を与えた。それが一昨日の話だからな。発効は法務卿、そなたの言うとおり、明日の夕刻だ」

王太子が応じる。

「通例、刑の執行は日の出ている間でございます。夕刻となりますと、日没の鐘と同時に、ということでございますから——」

法はあまねく王土を照らす太陽のごときものであるから、その執行もまた太陽のもとで行われねばならない、という慣習が、この国にはある。実際問題として、処刑や鞭打ちなどの身体刑の執行は、なるべく多くの民に知らしめられるよう、日中に広場で行われねば十分にその意味を為したとは言えない、というのも理由のひとつだ。

「公布と執行は更に次の朝、ということか。まあそれで問題はあるまい、取り立てて急ぐような話でもないゆえな」

は、と法務卿が一礼した。

「貴族の追放刑の公布は、王城の城門と王都の各市門、商館、それに主だった教会と広場への布告状の掲示によるのが慣例でございます」

式部卿がそう言って補った。

追放刑は貴族としての身分を失わせるものでもあるから、その布告は式部卿の担当だ。

「それでよい。夜明けと同時に布告できるよう、準備しておけ。各所領へも滞りなく知らせよ」

「は。公用使を手配いたします」

ふたたび式部卿が一礼する。

「殿下、婚約の解消と追放についてでございますが」

どこか緊張した面持ちで、法務卿が王太子に話しかける。

「何かあるのか」

「ああ、いえ、大したことではございません。しかし――」

「よい、言ってみよ」

「布告に当たりまして、順序と申しましょうか、その――」

「順序？」

王太子が眉根を寄せた。一体何が言いたいのだ、という疑問が、その声に乗る。

「は。畏れながら、現状、まず婚約の解消があり、次に追放刑ということでございます。しかし、わたくしといたしましては、これを逆にするのがよろしいかと」

「ふむ。逆にすると何が変わるのだ？」

「王国貴族に相応しからぬ行いがあったとして追放、されば婚約は当然に解消ということに」

王太子と幾人かの大臣が、ほう、と頷いた。

「――婚約解消の理由を問われることもなくなる、ということか」

「さようでございます」

安堵したように法務卿が頷く。

「ならば、布告はそのようにせよ」

は、と法務卿がもう一度頭を下げた。

「布告はそれでよいとして、法務卿、あれが王都に残してゆく財産の接収もそなたが担当であったな」

「接収についてでございますが、かの令嬢はマレス侯爵家の王都における名代でございます。侯爵家の財産のうち、王都とその近郊に所在するもの、すなわち実質として名代の支配下にあるものについては接収の対象となります。無論、当人の身柄や所持している物品も、でございますが――」

「それは捕らえた者への褒美、ということでよかろう。マレス侯爵家の王都邸その他、主だった不動産は収公する」

王都で当人が捕らえられたならばともかく、侯爵領に落ちる途中で誰かに捕らわれたのであれば、身の回りのものは捕らえた者に与えられることになる。つまりそれらは、追放者を捕らえた、あるいは殺した者への、間接的な恩賞になるのだった。

それでよいな、と視線を向けた王太子に、法務卿が目礼した。

「さよう手筈を整えます」

「騎士館はどうなる？」

「さすがに先例はございませんが、制度の上ではやはり接収の対象でございますな。しかし王都邸とはいささか事情が異なります。騎士たちが残っておれば面倒なことに」

片や王都内でもよい立地を占め、守るのはせいぜいが門衛程度のマレス侯爵家王都邸。

もう一方は郊外の練兵場に所在するマレス騎士館。そこには精強をもって鳴るマレス侯爵領の騎士たちが起居している。

住むもの守るものにこれだけの差があれば、一口に接収と言っても、実質はまったく違う話になる。

「マレス騎士館は近衛に任せることとしよう。軍務卿、そなたから近衛騎士団長に話を通しておけ。マレスの騎士どもがあれこれ言うようであれば、館そのものはあれらに使わせてやってよい」

名義を移すことさえできるならば、当面の間は騎士たちがそのまま使い続けても差し障りはない。

混乱を避けられるのであれば、その方が重要なことだった。

は、と一礼した軍務卿が、探るような視線を王太子に向ける。

「マレス騎士どもが抵抗する場合は、いかがなさいますか」

「事情を含めて説得させよ。騎士どもも敢えて王命には逆らうまい。その上で万が一、武器をもって歯向かうようであれば」

諸卿が緊張した面持ちで王太子を見守る。

勇猛かつ精強というマレスの騎士たちの評は、諸卿でなくとも王都の住人ならばよく知るところだ。

「まずは館を包囲させよ。それでなお白旗を揚げぬようであれば攻めるほかあるまい。騎士館を焼かせたくはないが、万が一騎士どもが自ら火をかけたとして、周囲に燃え広がる心配はあるまい？」

街中であれば延焼の危険は大きいが、郊外の、それも十分な広さのある練兵場にある騎士館である。

なにかよほどの不運がなければ、別の建物に飛び火することはない。

接収するために火を放つようなわけにはいかないが、抵抗を恐れる必要もない、ということだった。

「御意のままに、殿下。騎士団も館攻めの経験が豊富というわけではございませぬが、よき練兵となるやもしれません」

「そうならぬことを祈るべきだろうな」

軽い口調で軍務卿を窘めながら、王太子は考える。

——今回の一件は、式部卿、法務卿、軍務卿あたりの得点となるだろう。

国政を握る諸卿は、一枚岩というわけではない。

内務卿と財務卿を筆頭に、省と己の権勢を懸けて、ことあるごとに綱引きを繰り返している。

誰が誰を抱き込むか、どの派閥の下に誰が入るか、というのは常に宮中の関心事だった。

当然、旗幟を敢えて鮮明にしない者もいる――というよりも、皆が皆、「自分は常に執政府と王室のためだけに動いている」という建前を掲げてはいるのだ。だから表向き、諸卿の角逐というものは存在しないことになっている。

とはいえ実態はそのようなものであるから、婚約者の交代、侯爵令嬢の追放という事態は、執政府と宮中に小さくない波紋をもたらすだろう。

王太子自身もまた、見定めなければならない。

誰がどのような思惑を持って、どのような行動をするのかを。

誰にどれだけの信頼を置くのかを決めるために。

王太子の目と関心は既に、己が追放を言い渡した侯爵令嬢からは離れていた。

侯爵令嬢アリアレインの出立

その日の午後。

侯爵家王都邸は喧騒を極めていた。

屋敷を引き払うとは言っても、ただ出てゆけばよいというものではない。

持ち出さねばならないもの、残してゆけないものは多々あるし、出てゆく者たちの支度もある。

書斎のある階をはじめ、アリアレインがいる場所では大きな物音を立てることが禁じられていたこの屋敷でも、今はその禁を守ることなどできない状況だった。

「最後の始末はスチュアート、あなたに任せることになってしまいそうね」

その書斎も、祐筆たちが書類仕事を終えた今はがらんとしている。

「お任せください、書類の整理などは普段からやっておりますから」

老いた顔に笑みを浮かべて答えた執事に、アリアレインもつられて笑う。

「姉さ――姉上、使用人用の荷馬車の支度ができました」

扉を開けて顔を出したクルツフリートが執事を見て取り、慌てて言いなおした。

「いつものままで構わないわよ、クルツ、ここはわたしたちだけだから。支度ができたのなら、荷物をまとめた者から順に積んでいくよう伝えて」

はい、と答えたクルツフリートが、廊下を急ぎ足で歩く使用人のひとりを捕まえて指示を出す。

「――聞こえてると思うけど姉様、えらい騒ぎだよ」

「仕方ないわよ、1日半で屋敷を引き払おうとしてるんだもの」

部屋に入って扉を閉めたクルツフリートの言葉に、どこか投げやりとも取れる態度でアリアレインが応じた。

「それよりクルツ、マレス騎士館の準備はどうなの?」

「あっちはあっちで大変だけれども」

問い返したアリアレインに、肩をすくめたクルツフリートが答える。

「戦支度で慣れてるからね。何かあれば1日と言わず、1刻2刻で出られるようにはなってるから。

ただ、今回は総員ってとこと、戻らないのが前提だからさ。勝手が違う様子だったよ」

頷いたアリアレインが、それで、と先を促す。

「朝の時点ですべて順調。予定どおり退去して合流できる、って」

「それなら、こちらも予定どおり、ね」

「お嬢様の荷の準備はできております。あとは合流を待って出立するのみかと」

控えていた老執事が告げ、アリアレインはもう一度頷いた。

「それなら、わたしもそろそろここを離れる頃合いね」

小さくため息をついて部屋の中を見回す。

書棚にはあちこちに空きができている。侯爵領に持参するために持ち出した、その跡だった。

書類の綴りを入れていた棚はほぼ空、昨夜まで祐筆たちが忙しく働いていた大きなテーブルの上も片付けられ、アリアレインの執務机には塵ひとつ乗っておらず、いくつもある引き出しの中身も空になっている。

——本当は、もっときちんと選ぶべきだったのだろうけれども。

書物も書類も、半日でまともな選別などできるわけもない。どうしても持っていきたいものとどうしても残しておけないものだけを選び、使用人たちに言って持ち出す荷として準備をさせた。

アリアレイン自身の持ち物、たとえば衣装や小物はもっとずっとおざなりだった。

「この長持に入るだけ衣装と小物を選んで入れておいて、あちらで使う分にするから」

と言って、屋敷に残る侍女に丸投げしてしまった。

「入らない分は残していくから、スチュアートと相談してお金に換えて」

はい、と頷いた侍女にそう付け加えたら目を剝かれたけれど、見なかったふりをした。

持っていけないものはどうしようもない、というアリアレイン自身の割り切りを、屋敷の全員が共有できているわけではない。結局、アリアレインが自分で選んだのは執務に使う文房具と、常日頃から身に着けている装身具くらいのものだった。

ばたばたと屋敷を引き払うというのはそういうことだ、と理解してはいる。しかし、そうであっても身勝手な自分は、たぶんどこかで「あれを持ってくればよかった」とか「これを持ち出しておけばよかった」とか、そういう後悔をすることになるのだろう。

「ここで執務をしたのは2年ほどかしら？　気に入っていたのだけれど」

「さようでございますな。——わたくしも、ここで仕事をするのは心地がようございました」

アリアレインの言葉に、いつもと変わらない調子で老執事が応じる。

「スチュアート、あなたともお別れね。今までよく仕えてくれました」

「至らぬ老人でございましたが」

あっさりとした別れの言葉に、かしこまった態度で老執事が礼をする。アリアレインはいいえ、と首を振った。

「あなただからこそできたことはたくさんあるわ。たくさん。そしてこれからもね、スチュアート。面倒だけを残していくようで悪いけれど」

老執事は生真面目な顔のまま、片眉を上げげた。

それが冗談を言うときの彼の癖だと、アリアレインは知っている。

「後始末は使用人の仕事でございますからな。慣れたものです」

クルツフリートが小さく吹き出し、アリアレインも笑みを浮かべた。

「主家の令嬢の一世一代の不始末だものね。それなら、後始末はスチュアート、あなたに任せるわ。あなたが始末を付けてくれるのなら、わたしも安心して逐電できるというものね」

「喜んで、お嬢様。――侯爵閣下によろしくお伝えください」

「伝えるわ」

歩み寄ったアリアレインが、老執事の皺の刻まれた手を両手で包む。

「スチュアート、残る皆をよろしく。なにかあったら遠慮なく大司教猊下を頼りなさい。あの方なら、きっと力になってくれるから」

言葉を切ってほんのわずかな間を置き、続けた。

「――あなたも、元気で」

顔を上げないままそれだけを言い、手を離して、アリアレインは老執事に背を向けた。

なにか言おうと口を開きかけたアリアレインが、クルツフリートと目を合わせて、それを止めた。

かすかに視線を逸らしたのを見ていたのはクルツフリートだけだった。

「――クルツ、行きましょう」

クルツフリートが黙って扉を開け、アリアレインが書斎を後にする。

「それじゃ、スチュアート、元気で」

「若様もお嬢様も、どうか、つつがなく」

クルツフリートと老執事が短い別れの挨拶を交わす間に、アリアレインはもう廊下を歩きだしている。

書斎の扉を閉めたクルツフリートが、早足で後を追った。

同じ頃、王都郊外に位置する近衛騎士団の練兵場。

マレス騎士館は、静かな緊張に包まれていた。

「退去の準備が整いました。総員、いつでも出立できます、館長」

壮年の騎士が報告する。

館長と呼ばれた、髪に白いものの混じった騎士は無言で頷いた。

がらんとした広間を、ふたりの騎士は入口から眺めている。

そこだけはいつもどおりのテーブルと椅子が、かえって寒々しい。

テーブルの上には、二十を超える数の短剣が並べられていた。

「施錠は？」

「すべて。あとはここと、館の正面のみです。私と部下が二度確認しました」

「ご苦労だった」

短く労って、館長と呼ばれた騎士はテーブルに歩み寄った。

手にした短剣を、並べられた短剣の隣に、丁寧な所作で置く。

ゆっくりと広間の入口まで歩き、待っていた壮年の騎士の肩をとん、と叩く。

「ここも閉めろ。出立する。まずは王都邸だ」

「はっ」

短く答えた壮年の騎士に頷いて、騎士館長は玄関の扉へと向かう。

後ろで扉の閉められる音と、かちゃかちゃという鍵の音が聞こえた。

玄関の扉から外へ出ると、既に馬が引かれてきていた。

出立の準備を整えた騎士たちが待っている。

騎士たちはみな、侯爵家の旗を付け、穂先に覆いが掛けられた槍を手にしていた。

従卒の手を借り、慣れた身のこなしで騎乗した騎士館長は片手を挙げて、居並ぶ騎士たちに短く号令した。

「出立。王都邸へ向かい、名代様と合流する」

ゆるゆると馬を進め、居並ぶ騎士たちの間を抜けて先頭に立つ。

そのままの速度で進み、ほどなく練兵場の門へたどり着いた。

何事か、と出てきたふたりの門衛に、開門、と告げる。

「マレス騎士館長、これは一体」

ひとりが戸惑った様子で問う。

王命でもって出動するにせよひとつの騎士館からはせいぜいが数騎、というのが通例だ。

20を超える騎士とその従卒たちで100に近い、それだけの数が武装して門を通ろうとするなど前代未聞であった。

「主命により出立する。開門」

いやしかし、と口の中で言いかけた門衛が相棒と視線を交わす。

騎士館長も騎士たちも、それ以上の説明など不要とばかりに、黙ったまま馬上から門衛たちを見下ろしていた。

ほんのわずかな対峙ののち、門衛たちは結局、騎士館長と騎士たちの圧力に負けた。

軽装の兵2名と完全武装の騎兵を含む100名近くでは、そもそも何がどうなるものでもない。

門を開いた門衛たちは、悠々と去るマレス騎士隊を呆然と見送った。

「……なんだったんだ、ありゃ」

全員が出てしまったあとで、開かれた門もそのままに、門衛のひとりが呟いた。

「知るかよ。あんな数が一度に出るなんて聞いたこともねえ」

応じたもうひとりの言葉に、ふたりの門衛は顔を見合わせる。

それ以上の言葉がなくとも、お互いに何を考えているのかは理解できた。

——自分たちは今、大変なものを見たのではないか？

「おい、俺はここを閉めとくから、お前ちょっと本館へひとっ走り行ってこい」

慌てた様子で片方が言い、言われた方は返事もそこそこにばたばたと駆けだす。

マレス騎士館総員出立の報は、ほどなく近衛騎士団本部へ伝えられた。

ノール伯爵ルドヴィーコの信頼

日が傾き始めた午後の王都を、馬車が走っている。

石畳を踏んで細かく揺れる馬車の座席で、ノール伯爵ルドヴィーコ・フォスカールは、己の娘であるノール伯爵令嬢、クラウディア・フォスカールと向き合っていた。

窓の外へ視線を向けたまま、クラウディアは動かない。口を開きもしない。

黙ったままの己の娘を前に、ルドヴィーコは、どう言葉をかけてよいのかわからなかった。

褒めるべきか叱るべきか、喜ぶべきか憂うべきか、それすらもよくわからない。

己の娘が王太子の婚約者、将来の王妃という地位を射止めたのだから、普通ならば喜び、よくぞやったと娘を褒めるところなのだろうとは思う。

問題は、その地位が最初から定められたものではなく、別の令嬢を追い落として手に入れたもの、というところだった。しかもその相手は王国の柱石とも評されるマレス侯爵の娘にして希代の才媛。王太子はその元婚約者を追放刑に処している。

王族の婚姻や婚約をきっかけに生じた内紛など、そう珍しいものではない。王国の歴史を少々紐解けば片手で足りないくらいの数は出てくるし、王国の建国前や他国にまで目を向ければ、それこそ掃いて捨てるほどの数になるだろう。

だがその事実は、今まさにその内紛に巻き込まれようとしているルドヴィーコ自身の慰めになるものではない。

娘と同じ馬車に乗っているのでなければ、頭を抱えるか、そうでなければ座席にもたれて虚ろな目をしているかだっただろう。

昨日ほぼ丸一日、そして今日も半日の間、ルドヴィーコは悶々と考え続けていた。

マレス侯爵にどう詫びたものか、ということである。

手紙を書こうとしては止め、書きかけては破り、ということを幾度か繰り返し、結局何を書いても嫌味か当てつけとしか読めないことに気付いて絶望的な気分になった。

妻に話してみても、なぜそんなことで悩むのか、と返され、絶望感を共有してくれる人間が己の周りにいないとわかっただけだった。

「お父様」

クラウディアの声に、ルドヴィーコははっと視線を上げる。

その動作で、己がいつの間にか俯いていたということに気付いた。表情も険しくなっていたかもしれない。

どうしたのだ、と返そうとしたルドヴィーコに、クラウディアがにこりと笑った。

「眉間に皺が寄っていますわよ」

自身の眉間を形のよい指でさして言うクラウディアに、ルドヴィーコの表情がまた渋くなる。

「皺が寄りもする」

ため息とともに、ルドヴィーコは吐き出した。

「マレス侯爵家を敵に回そうなどと」

その言葉を聞いても、クラウディアは表情を変えなかった。

むしろうっすらと笑みすら浮かべている。

「そのかわり、殿下が後ろ盾になってくださいますわ」

ルドヴィーコは思わず、窓の外へ視線を逸らした。

娘が——美しくはあっても、この国の正妃たりうるかと心配していた娘が、この状況であのような笑顔を見せるとは思っていなかった。

「そうは言うがな」

「お父様」

なおも懸念を口にしようとしたルドヴィーコを、笑顔を浮かべたままの表情でクラウディアが遮る。

「もう少し喜んでくださると思っていたのですけれど」

無論、ルドヴィーコにも、喜ばしいと思う気分がないわけではない。

あの令嬢がいなければ、諸手を挙げて喜んでいただろう。

「クラウディア、儂(わし)もまたとない良縁だと思ってはいる。そう思ってはいるのだ。だがな——」

視線を娘に戻したルドヴィーコが答える。

またとない良縁。それは間違いない。何しろ、相手は王太子なのだ。だが、そのかわりに何を失うことになるのか、想像するだに恐ろしかった。

王太子の婚約者となるクラウディアは勿論のこと、自分もまた宮中の権力争いに巻き込まれることになる。否応なしに。

何しろ、娘の相手は王太子なのだ——誰もかれもが自分とクラウディアを抱き込み、己の味方につけようとするに違いない。誰かに味方すればその誰かの相手からは恨みを買い、旗幟を鮮明にしなければ誰もかれもからの恨みを買う。

なんの後ろ盾もなくマレス侯爵家と敵対するのは恐ろしいが、後ろ盾があればあったで面倒なことになる。どこかでひとつ対応を間違えれば、次は自分たちが排除される側になるかもしれないのだ。

たとえば諸卿全員から敵視されたならば、王太子の婚約者と言えどその地位は安泰のものではない。そこまで極端な話ではなくとも、どこでどう敵を作るかわからない立場と状況は、ルドヴィーコにとって不安以外の何かではなかった。

「ご心配くださるのは嬉しゅうございますわ、お父様。でもこれは、殿下が望み、私が望んだことなのです」

これがたとえば側室の話であったならば、もう少し気が楽だったに違いない。そして自分もすんなりとそれを受け入れることができたに違いない。

ルドヴィーコはそう思う。

妃になることが問題なのではない。

あの令嬢を――あのマレス侯爵の娘を追い落としたことこそが、そして座るのがただひとつしかない正妃の椅子ということこそが、問題なのだ。

「あの令嬢を追い落としてでもか」

「それこそが、殿下のお望みなのですから」

クラウディアの返答に、今度はルドヴィーコが沈黙する番だった。

側室でなく正妃。王太子の正式な婚約者。王太子が何を望んでいるのかを知り、結果として何が起きるのかを知った上で、クラウディアはその渦中に自ら身を投じたことになる。

ルドヴィーコにしてみれば、およそ正気とは思えない行動だった。

王族の婚姻や婚約に端を発する内紛など、掃いて捨てるほどの数がある。だがそのような内紛で、一切の血を見ない結末は、数えるほどしかないはずだ。特に婚約者の排除を伴うならば結末はいつも血みどろで、内乱に至ることも珍しくはない。少なくともルドヴィーコは、王族の婚約者が斥けられて流血なしにことが収まった話など、歴史書で読んだことはなかった。

「お側にいたのならばクラウディア、まずもってお前がお止めせねばならんだろう」

「殿下が心の底でそのようにお望みならば、お止めしたでしょう」

危うい、とルドヴィーコは思う。

王太子には引き返す気も止まる気もない。

婚約の解消だけならばともかく、追放刑でもって排除したのだから、曖昧な、あるいは穏便な決着がありうるとは思えなかった。あの侯爵令嬢が折れるか王太子が折れるか、いずれにせよ行きつくところまで行きつくほかはない。

それ自体は王太子の意図であるからどうしようもないにしても、その先頭に己の娘と己がいるなど、ルドヴィーコにしてみれば避けたい災難の筆頭のようなものだった。

「お父様」

今日幾度めになるか、己の娘が呼ぶ声は、淡々として慌てたところがない。

「もう、矢は放たれたのです」

そんなことはわかっている、ルドヴィーコはそう返そうとして口をつぐんだ。

矢は放たれている。

行きつくところまで行きつくほかはない。

ルドヴィーコは心の中で祈った。

行きついた先で娘が無事であることを祈り、己と妻が無事であることを祈り、王太子が無事であることを祈り、なるべく血を見ずにことが済むことをついでに祈った。

今のルドヴィーコには、そのくらいしかできることがなかったのだ。

ルドヴィーコがその報せを聞いたのは、その日の夕刻、王城の一室でのことだった。
婚約の発表と、新たな婚約者のお披露目の日取りを決めたい、と王太子に呼び出されていた。

娘とともに馬車で登城したルドヴィーコは、待たされることもなく応接の間に通され、上機嫌な王太子に出迎えられていた。

喜ばしい席だというのに気は浮かない。身体と心の奥に、疲労が染みついている。

昨日一日悶々として夜もよく眠れず、馬車の中でようやく当の娘と会話を交わせたと思ったら先々の災難が見えてしまった。何事も平穏無事が一番と考えているルドヴィーコにとって、ここ数日のあれこれは想像の埒外にあるものだった。

王太子とマレス侯爵やその令嬢、双方とうまくやる方法はないものだろうか、とそればかりを考えてしまう。

あの令嬢がこのまま王都にいられるとも思えないから、いずれ侯爵自身が王都へ上るか、あるいはいくつか下と聞く令息を新たな名代にするか、常識的に考えればそのどちらかだろう。

そうであれば、侯爵本人なり令息なりに直接詫びるしかない。今朝までのルドヴィーコは、そう思っていた。

だが、先刻の馬車の中でのやり取り——クラウディアとのやり取りを考えれば、それですら現実的ではない。王太子はマレス侯爵をはじめ、有力貴族たちの影響力を排除したいと考えている。そしてクラウディアは、それを知った上で、そんな王太子を支えたいと望んでいる。

ルドヴィーコはそんな王太子の、新たな婚約者の父。

和解の糸口など最初からなかった、ということだ。平穏無事とは最も遠い結論しか出てこない。

「ノール伯、どうであろうな?」

上機嫌な王太子の声が耳に入り、ルドヴィーコは思案の淵から現実に引き戻された。

お披露目の宴の趣向について話を聞いていたのだった、と思い出す。

「――御意のままに、殿下。たいへんよい趣向かと存じます」

無理やりに笑みを浮かべて答える。

勿論、ここまでの話はなにも頭に入っていなかった。

「わかってくれるか、さすがクラウディア、そなたの父だ。これはな――なんだ？」

ますます機嫌をよくした王太子の長広舌が始まる、そう思ってまた思案の淵に沈みかけた意識を、急速に不機嫌そうになった王太子の声が現実の側へと引き戻す。

侍従のひとりが王太子に何やら耳打ちをしていた。

耳打ちを聞いた王太子の顔に怪訝そうな表情が浮かび、次いで舌打ちでもしそうな顔になった。

あの侯爵令嬢のことで何かあったのか、というのは、ルドヴィーコならずとも察せるところだ。

「いかがされましたか、殿下？」

「あれのことでな。王都の屋敷を引き払った、と」

「侯爵家のお屋敷を、でございますか」

「うむ。それと近衛のマレス騎士館」

「マレス騎士館がなにか」

「総員がどこかへ出た、と」

ルドヴィーコの背中を、嫌な汗が伝う。

　まさか王都で戦でも始めようというのか、と最悪の想像が頭をよぎった。

　そうであれば真っ先に狙われるのはこの王城であり、王太子とクラウディアの首になる。

　だが、騒ぎが起きた様子はない。

「――どういうことでございましょうか？」

「知らぬ」

　素気なく王太子が答える。

「あれは王都の市門を出たのちレーナ街道を下ったそうだ。騎士たちも同道したと聞く。見送りというところか？」

　レーナ街道を下った先は、海に面していない王都にとって最も近い港町、コルジア。実質的に王都の港として機能している。つまり、あの侯爵令嬢は船に乗るつもり、ということだ。

「レーナ街道であれば、行き先はコルジアの港で間違いございますまい」

「うむ。船で侯爵領を目指す、というところだろう」

「たしかに、船の上では追放の布告も届きはいたしますまいが……」

　追手をかけることも難しければ、追放者であることを悟られて囲まれる、ということもない。

　マレス侯爵領へ向けて帆を上げてしまえば、ひとまずの危険はなくなる。頭を下げずに逃げるということを前提とするのであれば、悪くない選択肢と言えた。

　だが本当にそれだけか、とルドヴィーコの小心な部分が、心の中で警告を発している。

　王都を引き払って郷里へ戻るだけであれば、そしてその見送りというだけであれば、騎士館の総員が出てしまうことなどなくてよいはずなのだ。

「さすがにそういうところでは頭が回る。たしかに、マレスへは着けよう。だが、マレス侯のもとて王国に違いはない。逃げて逃げきれるものではない」

ルドヴィーコが密かに弄んでいた最悪の想像は、自暴自棄になったあの令嬢がマレス騎士に王都で一戦させる、ということだった。

あの侯爵令嬢は自暴自棄とは最も縁遠い類の人物と思えたが、そういう者こそ本当に自暴自棄になったときには何をしでかすかわからない。

だが、どんな形であれ、騎士隊を伴って王都を出てくれたのならば、最悪の想像が実現することはなくなった、ということだ。

「そういえば」

ルドヴィーコは、ふと思い出したことを口に上らせた。

「昨日はあの令嬢、聖レイニア聖堂へ出向いておられたようですな。当家の使用人が、聖堂で見かけた、と話しておりました」

「聖堂？」

「意図は、わたくしめにはわかりかねますが」

「打つ手がなくなって今更頭も下げられず、では教会を頼ろうというところか」

王太子の口調は、侯爵令嬢を嘲笑うようだった。

「そのあたりは、わたくしめには何とも。しかし、俗世で法の庇護を得られなくなった者が教会を頼るのは、定石ではございます」

言いながらルドヴィーコは、あの侯爵令嬢がそんなわかりやすい人物だっただろうか、とも思う。

「手垢の付いたやり口だ。だが、まあ、修道院にでも入って俗世に出てこぬのであれば、それはそれでよい」

落飾して隠棲するのであれば、赦免せずとも問題はない。

この先二度とあの忌々しい侯爵令嬢の顔を見ずに済む、ということだ、と王太子は思っている。

王太子の言葉に、ルドヴィーコは、腑に落ちないものを感じていた。

——遁世するのだとすれば王都の、それこそ聖レイニア聖堂で事足りるはずだし、そもそも屋敷を引き払う必要もない。

普通に解釈すれば、どうにもならなくなったからこそ教会を頼るということなのだろうし、最後の手段としての落飾、ということになるのだろう。

しかしそうであるならば、逃げるように屋敷を引き払って王都を発つ理由がなくなるはずなのだ。

無論、騎士たちを引き連れてゆく必要もない。

——あの令嬢が理由もなくそんなことをするはずがない。

そこまで考えて、ルドヴィーコは思い至った。

自分はどこかで、あの侯爵令嬢を深く信頼しているのだ。

理屈に合わないことをしない、理由のない行動がない、そういうことを前提にすればこそ、腑に落ちないと思っている。

つまりそれはあの令嬢を信頼しているということだ――たぶん、目の前の王太子よりもよほど。

ぱん、と手を打つ音が、ルドヴィーコの思考を遮った。

王太子だった。

「さて、とんだ邪魔が入ったものだが、クラウディア、そなたのお披露目の話だ。衣装のことだがな、ノール伯――」

どうやら機嫌を直したらしい王太子の長広舌が始まり、ルドヴィーコは曖昧に相槌を打ちながら、意識をどこかへ沈めていった。

第4章 侯爵家従士アーヴェイルの誓約

KOSHAKU REIJO ARIALEIN NO TSUIHO

侯爵令嬢アリアレインの出帆

　マレスの騎士たちに付き添われた馬車と人の列がコルジアに着いたのは、日暮れを過ぎてからだった。

　空は濃い紺色から夜空の黒へと移り変わり、西の空に浮かぶ雲がわずかな残照に染められている。

　通例ならば閉ざされている市門は、マレス侯爵名代の一行のために開けられている。アリアレインがあらかじめ使者を送り、そのような手筈を整えてあった。

　行列の中ほどに位置する馬車の中で、当のアリアレインは目を覚ました。

「――わたし、寝てた？」

「うん」

　向かい合う座席で、弟のクルツフリートが簡潔に答える。

「着いたの？」

馬車のカーテンを少しだけ開けて窓の外へちらりと視線を向け、外の様子を確かめたアリアレインが尋ねる。

「ちょうど今ね」

ふたたび簡潔な答え。

「あなたは休めた？」

「姉様が寝ていたもの」

言外に、警護役でもある自分が寝るわけにいかない、と含ませて、クルツフリートが応じる。

「ごめんなさいね」

「俺は屋敷で、交代で休んだからさ。だいたい姉様、夜もきちんと寝てないでしょ？」

「……そうね」

昨夜のことを思い出しながら、今度はアリアレインが簡潔に応じた。

眠れないままに従士のことを考えていたなどということは、たとえ弟にであっても、というよりも弟にであればこそ、言えるはずがなかった。

「どのくらい寝てた？」

「半刻ってとこ。起こした方がよかった？」

クルツフリートの問いに、アリアレインはゆるゆると首を振って小さく笑った。

「ううん、少し気分がいいわ。疲れも取れたし。ありがとう、寝かせておいてくれて」

ああ、と曖昧に頷きながら、クルツフリートは、起こせるわけがないだろ、と思っている。

王都邸での普段の執務も激務だと聞いてはいたが、昨日の朝呼ばれて以来の姉の働きぶりは常軌を逸していると言ってよい有様だった。

朝早くから夜半を過ぎるまで、無数にある決めるべきことを次々に決断し、指示を出し、方々に手紙を書き、あるいは人を遣り、そしてときには自分で出向きもする。己の身がふたつみっつと欲しくなりそうな多忙さでありながら姉は、使用人たちを気遣うこともけっして忘れてはいなかった。

そんな姉が疲れて眠っているところを、自分が起こせるわけがない。

クルツフリートにできたのは、そっとカーテンを閉めることと、なるべく揺らさないでくれ、と御者に伝えることだけだった。

「うちの用船のほかに中型船を一隻、港に確保してあることは伝えてあったわね？」

「うん、来る途中で」

「荷扱いのための人手は手配してあるから、あとは積み込みの作業だけ。水と食料その他諸々、航海中の消耗品はもう積み込んでもらってるから、あとはこちらの荷物ね」

「急な話なのに、よく人手を集められたよね。どのくらい上乗せして払ったの？」

「王都邸から持ってきた荷馬車を全部。船が港を出たらあとは売るなり使うなり、好きにしていいから、って言って」

「よくそういうことを考えつくよね、姉様」

「どうせ捨てるか取られるか、という話なら、ね」

アリアレインの返答を聞いたクルツフリートが肩をすくめた。

たしかに荷馬車を船に積んでは行けないし、王都に戻したところで接収されるだけだ。

だから駄賃のかわりに口入屋と雇われた者たちに渡してしまおうという姉のその発想は、言われてみればたしかに、と理解できる。だが、自分が同じ立場にあったとして、同じ発想に至れるかどうか。そこが姉と自分との埋めがたい差異なのだ、とクルツフリートは考えている。

「……どの荷をどこに積むとか、そういう話はできてるの?」

「屋敷の使用人の荷は中型船、騎士隊とわたしたちの荷はうちの用船。騎士隊の方は馬を連れていかないといけないから。それ以上のことは決めてないわ」

決めていない理由は、クルツフリートもよく知っている。

最低限のことを決めて実行に移すだけで手一杯。そうであってさえ、普段他人に疲れて弱ったところなど絶対に見せないであろう姉が、馬車の座席でうたた寝するほど疲労している。細かな部分まで詰める余裕など、どこを探してもあったはずがない。

「それだけ決まってるなら十分じゃない?　あとは荷運びの連中がうまくやってくれるでしょ」

クルツフリートが明るい口調で断じる。

窓の外の視界が開け、周囲が急に明るくなった。

そう長くもない会話の間に、車列は市街地を抜けて港の河岸(かし)近くまで進んで来ていたらしい。船が横付けされた岸壁とその周辺が、かがり火で煌々と照らされている。

馬車の扉が控え目にノックされ、細く開けられた。

「お嬢様」

マレスへと同行する祐筆のひとりだった。

「船積みの準備は整っております」

「ありがとう。すぐに始めさせて。積み込みが終わり次第、皆も乗り込んで休むように。騎士隊は最低限の人数で2隻を警護。わたしたちは皆の乗り込みが終わったあと、最後に船に移ります。月明りだけで港を出るのは難しいでしょうから、出航は明日の朝、明るくなり始めてからね」

承りました、という低い声とともに、馬車の扉がふたたび閉められる。

ややあって、荷の積み込みが始まったのだろう、周囲の喧騒が大きくなった。

3刻ほどの後。

コルジアの港に着いて目を覚ましてから、アリアレインはほとんど言葉を発することなく物思いに沈んでいた。

これから為すべきことをなぞり、頭の中で自分自身に質問させて、その質問に自分自身がまた答える。それを最初から最後まで、想定を変えながら三度、四度と繰り返した。

考えつく限りの質問を並べてそれに答え、自分たちの叛乱について考えるべきことがなくなってしまってから、アリアレインはずっと、送り出した従士のことを考えている。

どうか無事でいてほしいという願いは、危険と困難の中に送り出した自分の、虫がよすぎる願望ではあった。だからこそ、本心から出たものでもあったのだけれども。

そしてそう願うと同時にアリアレインは、アーヴェイルが失敗するはずはない、と考えてもいる。

成功を確信しているというのに正体のわからない不安に駆られ、それを打ち消すように無事でいてほしいと願っている。矛盾していて、身勝手で、だからそういう自分が嫌になるのに、自分はあの忠実で有能で優しい従士に、もうひとつ我儘を言ってしまった。

甘えすぎる自分が嫌になっても、甘えること自体は嫌ではなかった。

――ねえアーヴェイル。

昨夜そうしたのと同じように、アリアレインは心の中で呼びかける。

今頃どうしているの？

わたしが鞄に忍ばせた我儘は、もう見つけてくれた？

あなたは呆れたかもしれないけれど、でも、それがわたしの本心なのよ。

あなたにしか頼めないし、あなたにしか頼みたくないことだから。

そこまでを口に出さずに心の中だけで呟いて、なぜかしら、とアリアレインは首を傾げた。

アーヴェイルにしか頼めない。それは確かだ。でもなぜ、

――わたしは、アーヴェイルにしか頼みたくないと、そう思ったのかしら？

それは、固く固く閉ざしてきた蓋に手をかけるような問いだった。

なぜ、ともう一度自身に問う前に、馬車の扉がノックされた。

先ほどまで周囲を包んでいた喧騒は今やない。夜半の静けさの中に、小さな波音と、水夫たちが

呼び交わす声が響いている。

「荷の積み込みは終わりました。お言いつけのとおり、皆も船へ。——あとはお嬢様と若様だけです」

細く開けられた扉の外から、祐筆の声がそう告げた。

「わかりました。御苦労様。わたしたちもすぐに船に移ります」

ひとつ息をつき、落ち着いた声でアリアレインが応じる。

扉を開けて先に降りたクルツフリートが、開かれた扉を塞ぐように立った。

「クルツ？」

「引き返すならここが最後の機会だよ、姉様。アーヴェイルに何をさせたかは知らないけど、今ならまだ多分、なかったことにできる」

ふたつ年下の弟は、思いのほか真剣な表情でアリアレインに告げた。

たしかにクルツフリートの言うとおり、引き返すならば最後の機会だった。

今ならば別の使者を立てられる。明後日の朝にも王都を発つであろう公用使よりも早く、しかるべき相手に、先だっての情報は誤りだった、と伝えればよい。咎められる部分はあるかもしれないが、決定的な叛乱行為には至らずに済む。

「……あなたが止めようとするとは思わなかったわ」

「姉様、迷ってないの？」

だが、アリアレインにとって、迷う余地などなかった。

己と父と、そしてマレス侯爵家を侮ってみせた王太子に従うつもりなど最初からなく、それは丸2日が経った今でも変わらない。何よりも、事が動き出してから迷うなど、アリアレイン自身の流儀からは程遠いものだった。

「今更ここで迷うようならね、クルツ」

静かに笑い、腰を浮かせて、アリアレインはクルツフリートに手を差し出した。

ひとつ息をつき、何かを諦めた、しかし納得の表情で、クルツフリートがその手を取る。

「わたしは、わたしの切り札を送り出したりしないわ」

そう口にしたとき、言いようのない不安と罪悪感がアリアレインの胸に広がった。

なぜかしら、と考えながら、アリアレインは馬車を降りる。

その視線の先、港の静かな水面を挟んだ低い山の向こうから、下弦を過ぎた月が上ってきていた。

「矢はもう放たれたのよ」

波止場に降り立ったアリアレインの足下から伸びる影を、かがり火の明かりが揺らす。

弟に手を取られた侯爵令嬢は、迷うことも揺らぐこともない。アリアレインは振り返らないまま、岸壁から船へと架けられた渡し板を渡って船上の人となった。

侯爵家従士アーヴェイルの誓約

侯爵家王都邸を出立してから丸2日。

アーヴェイルはひどく疲労していた。

時刻は夜半を過ぎている。

ここ1日の間に摂った食事は、明け方と午後遅くの2回だけ。それも十分に摂れたわけではなく、行動に支障が出ない最低限の量を腹に入れただけだった。

睡眠時間は数えるのをやめた。あちらで四半刻、こちらでもう四半刻と細切れにされた眠りでは十分な回復など望めるはずもなかった。そんな休息には、とりあえず倒れない程度の体調の維持という以上の意味などない。手綱を握りながら眠って落馬、などという醜態を晒しさえしなければそれでよい、とアーヴェイルは考えていた。

——この先の道の状況はどうだったたか。

秋も半ばを過ぎた夜中、馬上で冷たい夜風に身を晒しながら、アーヴェイルはあの書斎で見た地図の内容を思い出している。

このすぐ先でちょっとした湿地帯を縫うように通り抜ける街道は、湿地帯を越えた更に先で川を渡り、しばらく平原地帯を進んだあとで、エズリンの街に達する。そこがマレス街道の中間点だ。行程としては、騎乗ならば半日もかからない。おそらく朝、遅くとも昼前にはエズリンに到着できることだろう。

アリアレインから渡された書状の第一の宛て先は、エズリンの領主だった。

王室への忠節篤い伯爵家の当主。正直に事情を話して協力を求めたところで、応じてもらえるなどとは到底思えない。だからこそアリアレインは、書状の最初の宛て先にエズリンの領主を——エズリン伯爵を選んだ。

出立の夜、あの書斎でアリアレインに聞かされた謀の全容は、アリアレインをよく知るアーヴェイルにとってさえ想像の埒外にあるものだった。堅い人物と評判のエズリン伯爵にとっては尚更のことだろう。成功する可能性は高いと言えるが、だからこそ失敗など許されるものではなかった。と言うよりも、このあとすべての片が付くまで、許されている失敗などない。アリアレインがアーヴェイルに期待しているものは、そういう役割だったはずだ。

ふと気が付くと、小さな川のほとりだった。もうこのすぐ先は湿地帯なのだろう。丈の高い草が茂るその向こうに、上ってきたばかりの月が見えていた。

湿地帯に入れば、盛土と小さな橋が連続する道になるはずだった。そこへ入る前に、少しでも休んでおくべきだ、とアーヴェイルは考えている。

時刻は夜半を過ぎている。

最後に食事を摂ってから、もう半日に近かった。

空腹ではあるはずだったが、食欲はない。

疲労しすぎた身体が、食事を拒んでいるのかもしれなかった。

そうは言っても、何も食べずに先を急ぐ、というわけにはいかない。

何が起きないとも限らないし、現状で何かあったときに頼りにできるのはアーヴェイル自身だけなのだ。

何か口に入れられるものを持ってきていれば、と考えて、アーヴェイルは小さく笑った。

――お嬢様に持たせていただいていたではないか。

手ずから鞄に入れてくださったのだった、と思い返す。食事をする時間のないときに、と言って。

それを憶えていられないくらいなのだから、やはり自分は疲れているのだろう。

馬から降り、手綱を引いて小川のほとりに馬を誘導する。馬にも適度に休みを与え、水を飲ませておかなければならない。

四半刻は必要だろうか、と当たりをつけて、外套の襟元を緩めた。

夜風が身体に籠もっていた熱を取り去ってゆく。

肩に掛けていた小ぶりの水筒の蓋を外し、一口二口と水を飲み下してひとつ息をつく。

四半刻の大休止ならば、と道端の木に寄りかかるように腰を下ろし、ランプを傍らの地面に置いた。

腰を下ろした途端、ずしりと身体の重みを感じた。忘れていた疲労を、身体が思い出したようだった。

正直なところ動きたくはなかったし、食欲もない。それでも動かねば目的を果たすことはできないし、食べなければいずれ動けなくなる。

たしか布で包んでくださっていたな、と、鞄に手を入れて中を探る。厚手の布の手触りがあった。

ふたつの包みを手で確かめ、ひとつを取り出す。はっきりと、移り香や残り香ではありえないほどはっきりと、柑橘系と針葉樹の入り混じった香りが広がった。

こんな場所で広がるはずのない香りだった。

不審に思ってベルトに固定している留め金を外し、肩に掛けていた鞄を下ろし、ランプで鞄の中を照らす。

懐剣の柄と、その下に畳んだレースつきのハンカチが見えた。アーヴェイルは、慌ててふたつの品を取り出す。

畳まれたままのハンカチを手にしたとき、柔らかい絹の布越しに、硬いものがかすかに指に触れた。

控え目に周囲を照らすランプの明かりの中で、アーヴェイルは、懐剣とハンカチを持った自分の手が、小さく震えていることに気付いた。

王家とマレス侯爵家の紋章が入った懐剣は、アリアレイン自身のものに違いなかった。貴族の女性は懐剣を肌身離さず持ち歩くのが習わしだ。それは、いざというときに己の身を守るというだけでなく、敵手に己を渡さないための手段でもある。

何かの間違いで鞄の中に入るような品ではない。

アリアレインが忍ばせたに違いなかった。

懐剣を見たことでおおよそ想像がついてしまったハンカチの中身も、しかし確かめずにおくわけにはいかない。

畳まれた布を慎重に開くと、そこにはアーヴェイルが想像したとおりのものがあった。繊細な細工を施された細い金の指輪が、ランプの光を反射している。

指輪とともに畳み込まれていた紙片の文字を読んだアーヴェイルは、目を閉じて長いため息をついた。

そこには見慣れたアリアレインの筆跡で、ただ3行だけが記されている。


『どこかで捨ててきて。

わたしにはもう必要のないものだから。


でも、ハンカチだけは持って帰って。気に入っているの』

王太子から——己を切り捨てた男から贈られた婚約の証を捨ててきてほしい、というアリアレインの願いそのものは、アーヴェイルにも十二分に理解できた。

だがそもそも、アリアレイン自身が、コルジアから船に乗る手筈になっている。海路のどこかで海に捨ててしまえばそれで済む話だった。誰に見咎められる心配もなく、ふたたびどこかで出てくる気遣いもない。捨てる方法としてはこれ以上ない条件が揃っている。そのことに、アリアレインが気付かないはずがない。

一刻も早く手許からなくしたかった、という理由はあったのかもしれない。だが、あのときの王都邸であれば、祐筆の誰かなり翌日来る予定になっていたクルツフリートなり、手渡して預かってもらえる相手には事欠かなかったはずなのだ。

——だからこれには、この二品を自分に持たせたことには、意志と意味とがあるはずだ。

アーヴェイルは考える。

完璧な淑女として、あるいは有能な為政者として振る舞うアリアレインが、ごくたまに、おそらく自分にだけ見せる甘えや我儘を、自分はむしろ好ましいものとして受け止めてきた。

アリアレインはそのような、欠点のようでありながらある意味で人間らしい部分を、普段は心の中にしまい込んで、周囲に求められる姿を演じている。貴族であり、人の上に立つ者であるからには、たしかにそれはやむを得ないことであるのかもしれない。

だがそれでも、人としての部分を一切表に出さないままでいては、いつか心が壊れてしまう。王太子妃となり、いずれ王妃となるのであれば、周囲からの要求はより大きく、厳しいものになっていくだろう。だからせめて今だけは、と思いながら、自分は年下の女主人の甘えや我儘を受け入れてきた。

――だから、なのですか？

誰にも知られたくはなく、それでも自分には理解してほしかったから。

そういうことなのですか。だから私を選んだのですか。

アーヴェイルは思う。

あのとき、ふたりだけの書斎で、これを捨ててきて、と命じられていたならば。

自分は、では私しか知らない場所に捨てます、とでも答えたはずだ。

それでは嫌だ、というのが、アリアレインの我儘なのだろう。

芯が強く、聡明で、しかし年相応の弱さ脆さを抱えてもいる。

己が抱える弱さや脆さを自分の目の前では見せたがらず、それなのに己の心の内を知っておいてほしいとばかりに鞄に忍ばせた。

応えないわけにはいかない。

捨ててきてと託されたものを捨て、持って帰ってと頼まれたものを持ち帰って、手渡さねばならない。

また少し吹いた夜風が空気を揺らし、手のひらに広げたハンカチから、香水の香りが漂う。

――思い出しなさい、ということなのですか。

当たり前に傍にありすぎて意識したことのなかった香りが、今では自分とアリアレインを繋ぐ、ただひとつのよすがのように思われる。

どうか無事で、と懇願するように告げた声までが、耳に蘇るようだった。

「必ず」

あなたに頼まれたすべてを成し遂げて、無事にあなたのもとへ。

お預かりしたものをお返しするのだから。

きつく目をつむり、指輪を包んだままのハンカチを握りしめて、アーヴェイルは握ったその拳を額に押し当てる。

「――必ず」

その姿勢のまま、はっきりとした発音で、アーヴェイルはもう一度誓った。

目を開けた視線の先に、下弦を過ぎた月が、夜空から見下ろしていた。

小半刻ほども経っていただろうか。

水を飲んでいた馬が小さく鼻を鳴らす音で、アーヴェイルは我に返った。

――感傷に浸るような贅沢はあとでいい。

今は、託されたものだけを考えておけ。

そう己に言い聞かせて顔を上げる。

指輪と紙片、それにハンカチを、ベルトに通した小物入れに別々に入れ、懐剣はそのまま、路傍の草の上に置いた。

置いたままだった携帯糧食を取り上げて包みを開く。

厚手の布と蠟紙で二重に包まれたそれは、押し麦とナッツやドライフルーツをシロップと合わせて焼き固めたものだった。

手で割ってひとかけらを口に入れる。香ばしいナッツの味とシロップの甘味が口に広がった。

公用使の宿駅でも携帯糧食を手に入れられないわけではない。硬く焼きしめたビスケットであったり重いパンであったり、腹持ちのよさだけを優先させ、味など考慮の外、という品だというだけだ。

だからこれは、少しでも食べやすく味のよいものを、というお嬢様の心遣いなのだ、と思った。

相変わらず食欲はない。それでも1食分をすべて食べることはできた。

水筒から水を含んで飲み下し、ひとつ息をつき、懐剣を拾って立ち上がる。

「お前も休めたか？」

水を飲み終えて身体を休めていた馬に声をかけると、馬は小さく身体を振るわせて鼻を鳴らした。

そうか、と応じて首のあたりを軽く叩く。

「悪いがもうしばらく、一緒に頼むよ」

声をかけて鐙に足をかけ、一息に鞍に乗る。

もう一度首のあたりを軽く叩くと、馬が速足で歩き出した。

ほどなく入った湿地帯で、アーヴェイルは手綱とともに握っていた懐剣を、道の左手へ思い切り投げた。少し離れた場所から、小さく水音が聞こえてくる。

馬の歩みを止めないまま、小物入れから指輪を取り出し、月の明かりにかざしてから、右手へと投げる。放物線の途中で、きらりと指輪が月の光を反射し、そして見えなくなった。

指輪も懐剣も、どこで捨てられたか知っているのはアーヴェイルだけだ。

アリアレインと王太子の婚約の証は泥の下に埋もれ、誰にも知られないまま、そこにあり続けるだろう。

アーヴェイルは振り返らずに馬を進める。

深い疲労が身体の底の方に残っていた。だがそれも、耐えられないものではない。

心は少しだけ、軽くなっている。ずっと刺さっていた小さな棘が抜けたような気分だった。

エズリン伯爵レナルト・リアルディは、忠節の人である。

マレス街道の要衝エズリンを代々治める伯爵家の当主としての役割を自覚し、その役割に相応しかれと己を律してきた。

――要衝であるこの街とその一帯をよく治め、もってこの地を我らの封土と定めた王室への返礼とせよ。

それがリアルディ家の家訓であり、代々の当主は家訓を守って王室への忠誠を貫いてきた。

当代のレナルトも、父祖が歩んだ道を、今日に至るまで違えることなく歩み続けている。

レナルトは、公用使から渡された文書を一読して顔をしかめた。

「これは――まことなのか？」

言ってしまってからレナルトは、それが愚問であると気付いた。

「はっ」

目の前で片膝をついてかしこまる公用使が、顔を伏せたまま答える。

「自分はお渡しした文書の内容を知らされておりません。ですが、伯爵閣下に必ず直接手渡しするよう、厳命されました」

「――そうか。いや、そうであろうな」

同じ執政府の公用使であっても、やり取りされる文書の重要度や機密性がすべて同じ、というわけでは無論ない。

法の布告と国の安全に関わる情報が同じようにやり取りされるわけではないのだ。前者は公用使が内容を知っていて何ら問題はないが、後者は知るべき者だけに知らされねばならない。

だからこそ公用使を出す側は、ときに受取人を指定する。

渡された文書に書かれていることはレナルトにとって、そして王国にとっての重大事だった。だが、対処もまた、同じ文書の中で示されている。

文書の筆跡も署名も、マレス侯爵令嬢のそれだった。いかにもあの令嬢らしいと思わせる、単純にして的確な対応ではあった。

「ご苦労であった。部屋を用意させるゆえ休まれよ」

「ありがとうございます、閣下。しかし自分はマレス侯爵領まで下るよう、命を受けております。それに、この街の商館にも出向かねばなりません」

通例で考えるならば、この若い公用使の役目はここまで。マレスへ下るにせよ王都へ戻るにせよ、休息は必要なはず。そう考えたレナルトの気遣いだったが、公用使はそれを謝絶した。

「商館」

マレスまで下るのはよいとして、商館というのはどういった意味なのか。まさか商売の話でもあるまいが、と思いながら、鸚鵡返しにレナルトが問う。

「それもわが主の命にございます。荷馬車と馬を集めておくよう伝えよ、伯爵閣下にお渡しした文書の内容にも関わることゆえ必ず、と」

レナルトは手にした文書をもう一度開き、文面に目を落とした。

たしかにそこに書かれていることを実行するならば、荷馬車や馬といった運搬の手段は必須と言えた。

大型の荷馬車やそれを曳く荷馬は、代価さえ支払えばいつでも望むだけ使える、というようなものではない。たとえ代価を用意できたとしても、空いている荷馬車や荷馬がなければ使いようがないからだった。

数台数頭ならばまだしも、それが大量になってしまえば、先回りして押さえておかねば必要なだけは手に入らない。

急な話であるにもかかわらず、マレス侯爵令嬢はそこまで考慮に入れている、ということだった。

何かにつけて周到で効率的に仕事をこなすと評判の侯爵令嬢らしい目配りだった。

「そなた、マレス侯爵の御家中か」

「は、侯爵家の従士にございます」

そして、この従士もまた然り。マレス騎士隊の精強さはよく知られるところだが、従士の質も同様に高いという評判だった。マレス侯爵は、己が抱える従士の中から選抜して騎士叙任を受けさせているのだとも、逆に最も能力の高い者は子飼いとして家中に留め置くとも言われている。いずれにしても目の前の従士は、評判に違わない能力と忠誠心を持っている、ということなのだろう。

「その様子では、ろくに休息も取ってはおるまいが」

言外に、休まずに行くのか、とレナルトが問う。従士はかしこまった姿勢のまま答えない。

もう己への命令のことは告げているのだから、繰り返すようなことではない、という意味だろう。

従士の態度を、レナルトはそのように解釈した。

「――しかし、あくまでも命は命、か。侯爵閣下はよい従士を抱えておられる」

話を打ち切るように、レナルトは椅子から立ち上がった。

「立たれよ。替え馬を用意させよう。伝えられたことは必ず実行する。そなたは安心してマレスへ向かわれるがよい」

「ありがとうございます、閣下」

そう応じて、公用使が立ち上がる。

中背の均整が取れた身体つき。焦茶の短髪に深い緑の瞳。

整った顔立ちをしているが、表情には隠しきれない疲労の色が浮いている。

渡された文書に記された日付は2日前。

王都とマレスのおおよそ中間点にあるここエズリンまで、普通に旅をすれば1週間はかかる。

早馬であっても最低1日半。マレス侯爵家の従士だというこの公用使は、その最低限の日数で駆けてきたに違いなかった。

そしてこれからおそらく同じだけの時間を、またマレスまで駆けるのだろう。

命令だからといって、誰にでもできることではない。

己の部下たちのうちの何人がそのようなことをできるだろうか、とレナルトは考え、それを当然だとでも言うようにこなしてしまう従士を抱えているマレス侯爵に、小さからぬ羨ましさを覚えた。

そのような相手であれば、レナルトとしても、できる限りのことはしてやらねばならない。

執務室から公用使を送り出したレナルトは従僕を呼び、公用使に食事を用意するよう命令したのだった。

その朝、商館を取り仕切っている壮年の商人は、手渡された文書を見るなり唸り声を上げた。

「これは……公用使様、どうしても、ということであれば手前どももご協力差し上げますが」

「すまないが、どうしても、だ。そこにも書いてあるだろう」

「しかし、公用使様、せめて事情なりと仰っていただかねば」

文書に記された指示は、荷馬車と荷馬を集められるだけ集めよ、と言っているに等しいものだった。

だが、商館そのもので確保している荷馬車や荷馬の数は、そう多いわけではない。

大きな荷を扱う商人たちは、基本的に自前で運搬手段を用意しており、商館で持つそれらはあくまでも補助的なものに過ぎないからだった。

　そして指示された荷馬車や荷馬の数は、商館を利用する商人たちが使う分まで押さえなければ満たせないほどのものだ。

　商人はそのことを指摘して、せめて事情だけでも教えてもらわねば、商売仲間たちに話を通すこともできない、と言っている。

　商人の言葉を聞いた公用使は、小さくため息をついて商人に顔を近づけた。

　整った顔立ちが、疲労のためか、険を帯びている。言外の圧力と迫力とを感じ取った商人が、わずかに身を引いた。

　公用使はそんな商人の目を見据えて声を落とす。

「お役目柄、俺も詳しいことは言えんのだ。これから口にするのは独り言だからそう思ってくれ」

「――は、さようで」

　公用使の独り言というのは執政府の、それも相応の地位にある者の独り言と同じことだった。表立って伝えることはできないが、漏れ聞いた独り言から事情を汲んで動くのならば、それは当人の才覚というものだ。公用使はそう言っている。

　荒い言葉のひとつも覚悟していた商人は、拍子抜けしたように頷いた。

「東部国境が、何やらきな臭いらしい。となればこの先、どういうことになるか……」

　慌てたようにもう一度文書を開き、書面に目を走らせた商人が、ゆっくりと視線を上げる。

「渡した文書はあくまでも運搬手段の話だけだ。ここを仕切るような商人なら、あとは言わなくてもわかるだろ」

　荷馬車や荷馬は徴用ということになるから、供出したとしても公定の値にしかならない。

だが、東部国境がきな臭いということ、そしてそれが荷馬車や荷馬をかき集めなければならないほどの状況であるということは、兵事に関わる何もかもが——様々な食料品、煮炊きのための薪や炭、そして人手に至るまでの何もかもが、これから不足する、ということでもある。

　あらかじめ不足するものが——つまり高値で売れるものがわかっている商売に損はない。

状況とその意味を飲み込んだらしい商人が、二度三度と頷いた。

「まあ、そういうことだ。頼むよ」

「ええ、無論ご協力いたします。手前どもにお任せください。このようなお話であれば、皆も是非にとご協力を申し出ましょう」

　にんまりと笑みを浮かべた商人が請け合った。

見事なまでの変わり身の速さと言えた。

　公用使が口許だけでにやりと笑い、右手を差し出す。

　商人が両手でその手を握った。

「どうぞよしなに、公用使様」

　ああ、と鷹揚に頷いた公用使が、左手で親しげに商人の肩を叩く。

　では早速、と頷く商人をあとに残して、公用使は商館を出た。

　その背中を見送った商人が、大声で使用人を呼ぶ。呼び交わす声とばたばたとした足音が交錯し、商館はほんの短い時間で活気を増していった。

その朝、街の小さな広場に店を出す屋台の主は、いつものように肉を炙り、パンに挟んでは売っていた。

街の中心からは少々離れた小さな広場には、いくつかの屋台が店を出しており、朝のこの時間でも食事を求める者がいる。

これから仕事にでも出るのであろう工人、どうやら夜番を終えたところであるらしい衛士、そういった客が並び、朝食を買ってゆく。

炭火で炙られる肉のいい匂いが漂っていた。

幾人かの常連を捌いたあとに顔を見せたのは、普段見ない顔だった。

短い焦茶色の髪、疲れた表情ではあるが整った顔立ち、均整の取れた身体つき。腰には剣を帯びている。

「なかなかの景気だね、親父さん」

肉を挟んだパンをひとつと茶を注文したその客が、銅貨を置きながら世間話を振る。

「ええ、おかげさまで――ああ、お代はそこじゃなくてこっちの木箱にお願いしやす。ま、ご覧のとおりの繁盛ぶりで。有難ぇことです。お客さんは?」

「俺ぁしがない傭兵だがね、東へ向かってるとこさ。何やらあっちが騒がしい気配、ってんでね」

なるほど傭兵か、と屋台の主は納得の思いで頷く。

たしかに銅貨を出したその手は、武器を扱う種類の人間の手だった。

「まぁた戦ですかい？」

他愛ない話に応じながら、屋台の主は慣れた手つきでパンに切り込みを入れ、串に刺して炙っている肉の塊からいくらかを、ナイフで削ぐように切り分けていく。

肉から滴る油が熾火に当たると、小気味いい音と同時に食欲をそそる匂いが広がった。

「ああ、どうやらね。そういや、さっき執政府の公用使が御領主んとこへ入ってくのを見たよ。随分と慌てた様子だった――ま、公用使の連中と言やあ、いつもそんなもんだが」

「商売繁盛を祈りてえとこですが、戦になると何もかも高くなっていけねえ」

複雑な表情で顔をしかめた屋台の主が、首を振りながらそうこぼした。

戦となれば多数の兵が動く。動いた兵は道中でも動いた先でも、どうにかして養わねばならない。必然的に普段は消費されないはずのものが消費され、あらゆるものが不足し、結果として値が上がる。街の屋台など、そのような物価の高騰の影響をまともに受ける商売の最たるものだ。

値を上げなければ儲けが減り、値を上げればその分客が減って売り上げが落ちる。屋台の主にとっては、どちらにしても悩ましい二者択一になるのだった。

半ば愚痴のような言葉をこぼしながらも、主人の手は止まることがない。

手際よくパンに肉を挟み、別の火で温めていたポットから銅のマグに茶を注ぐ。

「マグは終わったらそこの桶に放り込んでおいてくだせえ」

「ん、そこだな」

傭兵が、空のマグがいくつか入った桶に視線をやって応じる。

「――まあ、戦にならずとも、戦が近いあたりってのは傭兵の食い扶持も増えるもんだからな。そっちを祈っておいてくれよ」

「そうしやしょうか、お互いのために――ほい、毎度ォ」

折衷案らしきものを持ち出した傭兵に、主人が応じて、注文の品を差し出す。

手渡された食事を受け取って場所を空けた傭兵に、別の客が声をかけた。

「さっきの話は、あれ本当なのか？」

そこそこに整った身なりをした、商人風の若い男だった。自分のパンはあらかた食べ終えている。

身綺麗にしているから商売が危ういという風ではないが、こんなところで食事をするのならそう大きな商いをしているということでもないのだろう。

大きな商売で稼いでいる商人ならば、街の中心部にある商館にいるはずだった。

「どっちがだい？　東の方が、ってのは王都で聞いた話だ。俺ぁ西から王都まで、隊商の護衛で雇われたんだが、どうにも渋い仕事でね。まあ、それでも、こうして東へ向かえる路銀くらいは稼げたんだが」

自分の顔と手にしたパンの間を、傭兵の視線が往復していることに気付いた若い商人が、ああ悪かった、と詫びる。声をかけて食事の邪魔をしてしまったことに気付いたのだった。

じゃあちょっと失礼して、と傭兵がパンにかぶりつく。

品のない傭兵らしく、口にパンを詰めたまま喋ろうとする。当然ながらまともな言葉にはならない。

「ふぉいえ、ふぁ」

銅のマグから茶を一口含んで一緒に飲み下し、傭兵が改めて口を開いた。

「それで、まあ、知り合いの傭兵から話を聞いてこっちへ足を向けたってわけさ。そいつは東から王都に来たところだったが、東がどうもきな臭い、ってね」

「小競り合いなら年がら年中、とも聞くが」

「そういう程度なら王都まで情報が来ないだろ」

会話の合間に、傭兵は器用にパンを口に運んでは食べている。

「そういうもんかね……公用使の方は？」

「いや、見たまんまよ。ここの御領主――伯爵様だよな？　あそこのお屋敷に、公用使の馬衣を着けた早馬がな。さすがに街中で駆けやしなかったが、あの様子だと夜通し走って来たんじゃねえかな」

「それも東の？」

「そこまで俺ぁ知らねぇよ、運んでるモノを見られるわけでなし」

肩をすくめる傭兵に、まあそれもそうか、と商人が笑って頷く。

「だが、まあ、普通の公用使なら夜通しは走らねえ。なにか急な報せではあるんだろうな。ま、何かあるなら商館あたりでも動きはあるんだろうさ。でかい商人ほどそういうことには敏感だ」

なるほどね、と若い商人が頷き、よし、と呟いて広場に面した小さな宿に足を向ける。

「お出かけで？」

「ああ、荷物をまとめてから、商館の方へちょっとね」

何の気なしに尋ねた屋台の主に、若い商人はそう答えた。

「まだどういう商売になるのかはわからんが、こういうのは早めに手を付けないとな」

二人のやり取りを傍で聞いていた傭兵が、パンを食べながらうんうんと頷く。

「いいネタをありがとう、あんたの旅の無事を」

立ち去り際、声をかけた商人に、傭兵は小さく手を挙げて応じた。

「ああ、あんたも、いい商売を」

会話を畳んで商人を見送った傭兵は、程なくパンを食べ終えた。

ひとつ息をついてマグの茶を飲み干し、桶へとマグを放り込む。

「それじゃあな、親父さん、美味かったよ」

「へぇ、またのお越しをォ」

いつものように、そして他の客にもそうするように、愛想よく応じた屋台の主は、それきり傭兵のことを忘れた。

客はまだしばらく絶えそうにもなく、彼にとってその傭兵は、よくいる類の一見(いちげん)の客に過ぎないからだった。

王都大司教ヴァレリアの提案

昼過ぎのマレス侯爵家王都邸は静まり返っていた。

つい1日前まで、30人以上の使用人を抱えていた王都邸だが、いま残っているのは10人に満たない。残された人数で最低限の仕事をこなし、王都邸を維持する、というのが残った使用人たちを取りまとめる執事、スチュアート・スティーブンスの方針だった。

「とはいえ、今日の午後にも新たな御主人の使いの方がこちらにお見えになるということですから」

今日の朝、スチュアートはそう言って、ひとまず屋敷を磨き上げるように、と指示を出した。

何も目標が――やるべきことがなくなってしまっては、新たに何かをする気もなくなってしまうし、自分がひどく無力に感じられてしまうから、というのがその理由だった。

半日かけて掃除が終わったあとは、身支度を整えておくよう、と伝えてある。

新しい主の使いを出迎えるのだから、掃除で汚れたままの恰好では締まらない。

「スティーブンス様」

自室で事務仕事をしていたスチュアートに、従僕が声をかけた。

「お客様が、馬車で」

「教会の？」

「はい」

ふむ、と頷いてスチュアートが立ち上がる。

「では、玄関へご案内しなさい。皆も玄関ホールへ。お出迎えせねばなりません」

はい、と応じて従僕は立ち去った。

スチュアート自身も書類を棚に戻し、ペンとインクを片付ける。

作り付けの棚に置いた鏡で、髪とタイとを整えた。

玄関ホールへ向かうと、屋敷の使用人たちは既に揃っていた。

使用人たちの列の前に進み出たスチュアートは、従僕に頷いてドアを開けさせる。

白髪の小柄な老女が立っていた。身に着けているのは司教服。スチュアートの知る限り、王都で司教服を身に着けられる聖職者はひとりしかいない。

「猊下、ようこそおいでくださいました」

腰を折って丁寧な所作で礼をする。

使用人たちがそれに倣った。動揺や驚きはあれど、それを表に出さないのが使用人としてのたしなみのひとつだった。

「お出迎えありがとうございます。わたくしはヴァレリア。ハーゼン様からこのお屋敷を譲り受けた、教会の司教です。あなたが執事のスティーブンス様？」

柔らかな笑顔で大司教が応じる。

「スチュアート・スティーブンスでございます、猊下。どうかお見知りおきを」

スチュアートはもう一度、腰を折る礼をした。

「スティーブンス様、あなたとお話ししたいことがあって、こうしてお邪魔しました。皆様にはお仕事に戻っていただいて、それから、落ち着いてお話のできるお部屋にご案内してくださいますか？」

はい、と頷いたスチュアートが使用人たちに目配せをすると、使用人たちは一礼して、それぞれの持ち場へと戻っていった。

こちらへ、と大司教に声をかけ、先に立って歩き出す。

通す先は、つい昨日までのこの屋敷の主が執務室として使っていた書斎だった。

「よい書斎ですね」

ソファに案内されて腰を下ろした大司教が、書斎を見回して言う。

「当家の名代が先日まで、執務室として使っておりました」

「こういう場所には、使う方のお人柄が出るものだと思います」

スチュアートの返答に、大司教は笑って頷いた。

「ハーゼン様が使われ、あなたが整えておられた。そうですね？」

恐縮です、とスチュアートが応じる。

「ハーゼン様には、お屋敷のことはすべてあなたに尋ねればよい、と教えていただきました」

「当家名代からは、困ったことがあれば猊下を頼るよう、と」

老執事と老大司教は顔を見合わせて笑った。

「高く評価されたものですね、スティーブンス様」

「ええ、お互いに、猊下」

控え目なノックの音とともに侍女が顔を見せ、茶を淹れて静かに出ていった。

カップから一口飲んで口を潤した老大司教が切り出す。

「さて、スティーブンス様、今後のことを少々お話しせねばなりません」

「この王都邸と、それから我々使用人のことでしょうか」

「はい。ハーゼン様は、教会へお屋敷を寄進されました。こちらのほか、いくつかの別邸も。引き換えに、王都に残る皆様への身元の保証と、それから保護を、と承っています」

スチュアートは黙って頷く。たしかにアリアレインから、そのような手筈を整える、と聞かされていた。

「皆様を庇護する具体の方法は、特に定められておりません。今日はそのことと、それからもうひとつふたつ、お話ししておくべきことがあるかと思いまして」

「お聞かせください」

「身元の保証と保護、ということであれば、聖堂で皆様をお引き受けすることもできます。ただ、お屋敷を離れがたい方もいらっしゃいましょう」

「仰るとおりです、猊下。それに、全員が全員、僧籍に入る、というわけにも」

「ええ、そうでしょう。教会は、このお屋敷を修道院とすることを提案いたします」

「――修道院？」

「一口に修道院と言っても、いろいろあるのですよ」

訝しげに応じた老執事を正面から見返して、大司教は答えた。

「教会は市井の方々と神を繋ぐ場所で、修道院は教会の者と神を繋ぐ場所なのです。大まかに言えば。ですから、教会としてしまうと、ここを市井に向けて開かねばなりません」

「修道院ならばそうとは限らない、と？」

「ええ。教会の者が何かを学んだり、作ったり。学ぶことも作るものも場所によって様々ですが。そして皆様は、在家のまま、修道院を管理するためにこちらに住んでいただくことに」

「教会の関係者、という形にしてくださる？」

屋敷を修道院に――教会の施設にしてしまうことで場所を守り、使用人たちは教会の関係者とすることで人を守る。悪くない案のように思われた。

「そのとおりです、スティーブンス様」

「わたくしどもに異論はございませんが、教会はそれでよろしいのでしょうか」

執事の言葉に、大司教がにこりと笑う。

「もちろん、それだけではございません」

「仰っておられた『もうひとつふたつ』の方でございますな。伺いましょう」

大司教は、どこから話したものか、という風情で、数瞬視線を宙に漂わせた。

「教会がいくつかの孤児院を運営していることは、お聞き及びかと存じますが」

「存じております」

老執事が頷く。マレス侯爵家が続けている寄進の中には、そういった孤児院の運営のための経費も含まれているのだ。

「侯爵閣下からも御令嬢からも、少なからぬ寄進をいただいておりますから、おかげさまで、運営そのものに支障はございません。問題は、孤児院からの出口なのです」

「出口、でございますか」

応じながら、執事には、おぼろげながら大司教の言わんとするところが見えてきていた。

「孤児たちはいつまでも孤児のままではございません」

大司教の言葉に、執事は頷く。やはりそうか、と思っている。

「いつか孤児院を離れ、自立をせねばならない。ですが――」

「それが出口の問題、ということですか」

「はい。全員に僧籍を与えられるわけではございませんし、また、それを望まぬ者もおります。となれば、何がしか、手に職を付けさせねばなりませんが、教会にも孤児院にも、その点について十分な力があるわけではないのです」

「ここで、その手助けが？」

「ええ、たとえばこういったお屋敷の使用人です。孤児は出自ゆえになかなか信用を得難く、また行儀作法を習う場も、教会そのものしかありません。このお屋敷においてそのような教育と準備ができれば――」

「出口が拡がる、ということでございますね」

なるほど、と執事が頷く。

使用人としての仕事と作法を教育し、技能を身に付けさせ、経験を積ませ、紹介状を持たせて送り出す。次に勤める先は、それなりのところにできるはずだ。

それはたしかに、孤児院からの『出口を拡げる』ということになる。

「はい。そしてもうひとつ、スティーブンス様、あなたにお願いしたいことが」

「わたくしに、ですか」

侯爵家王都邸の執事という立場でなく、己個人になのか、という意を込めて、スチュアートは問う。

「ええ、スティーブンス様、あなたに――あなた個人に、です」

どうやら意図は正確に伝わったようだった。

察しがよく、話の早い相手との会話は面白い。そしてこの大司教はそういう相手であるようだった。

自分も相手にとってそうであらねば、と気を引き締めながら、先を促すようにスチュアートは頷く。

「このお屋敷――いいえ、この修道院の、掌記を、お引き受けいただきたいのです」

文書と財産の管理責任者。言うまでもなく重職だ。

「理由をお聞かせいただいても、猊下？」

「教会にも、財産や文書を管理する者はおります。ですが、それはあくまでもそれぞれの教会や修道院が個別に行うこと、とされておりますので――」

複数の教会や修道院を統括した立場で文書や財産を管理する役回りの者はいない、ということだった。

「それらを取りまとめる役割を、ということでしょうか？」

「仰るとおりです、スティーブンス様。それにもうひとつ。次の掌記を、あなたに育てていただきたいのです」

どうやら楽隠居というわけにはいかないらしい、と思いながら、スチュアートは頷いた。

「承りました、猊下」

次の執事に、とスチュアートが目をかけていた副執事は、アリアレインに従って侯爵領へと下った。

自分の仕事を引き継ぐ者はいなくなり、自分の仕事はここまでで、使用人たちの身元が確かなものとなったならばあとは去るだけ、と思っていた。

だが、まだ自分にも為すべきことが残っていて、期待されていることがあるのだ、という事実が、スチュアートには嬉しかった。

「頼らせていただきますよ、スティーブンス様」

にこりと笑った大司教が席を立つ。

ふと気になったことを、スチュアートは尋ねた。

「このお屋敷は、修道院になるというお話ですが、猊下、もう名はお決まりなのですか？」

決まっていますす、と応じた老大司教が告げた修道院の名に、スチュアートは目を見開いた。

「――よろしいのですか？」

「通例どおり、なのですよ」

念を押したスチュアートに、笑顔を崩さぬまま、老大司教は答えた。

「……他意はございませんのよ？」

殊更に丁寧な口調で大司教が言う。

スチュアートは謹厳な表情のまま、片眉だけを上げた。

己が冗談を口にするときと同じように、出来のいい冗談を聞いたときの、それが癖だった。

この年老いた大司教は、案外率直で、そして諍いを厭わない性格なのかもしれない、とスチュアートは思うようになっている。

扉のところまで歩いた大司教が振り返った。

「今日、日暮れまでに、教会の神官戦士団をこちらへ出向かせます。彼らの食事と寝る場所を、まずはご用意くださいませ、スティーブンス様。念のため、わたくしもこちらへ」

教会には教会の、大司教には大司教の、思惑があるのだろう。

だが、その背後にあるものが何であれ、今のところ、この年老いてなお強かな大司教は、マレス侯爵家と自分たちの味方になってくれている。

スチュアートにとってはそれが何よりも必要で、そして大司教の態度は、スチュアートにとって十分なものだった。

「使用人一同、屋敷を整えて猊下をお待ち申し上げます。どのようなことでも、お申し付けください」

スチュアートはそう言って腰を折り、丁寧に一礼した。

以前の主と同じように、己が仕えるに足る主人に対する、それが老執事の礼儀だった。

ノール伯爵ルドヴィーコの処世

「出張？」

ノール伯爵家の王都邸、1階の一隅に整えられた執務室で、ノール伯爵ルドヴィーコ・フォスカールは尋ね返した。

「はい、閣下、オルディア書記官は2日前から出張に出ておられると」

尋ねられた祐筆が応じる。

「どこへだね？」

「オーフスと伺っております」

祐筆が答えた。

王都からは南東に位置する、それなりの規模の港湾都市。旅程としては片道で2日か3日はかかるはずだった。

「あー……いつ戻るかは、わかるかね？　週明けになるかな」

「はい、閣下、商部省でもおそらくその頃だろう、と」

書記官が、それも部署のひとつを取りまとめる立場の奏任書記官が、出張というのは珍しいとは思ったが、いないということであれば仕方がない。

「ではご苦労だが、週が明けたらもう一度商部省に」

「その場でご用件を書き付けたものを、備忘として事務官にお渡しししてあります」

「おお、それはよいな。よく気を利かせてくれた。では週明けすぐにでなくてもよい、なにか時間の空いたときなりついでの用事があるときなり」

「はい、閣下」

「うん、少し休んでいてよい。半刻もしたら戻ってくれ」

そう言ってルドヴィーコは机上に置いた呼び鈴を鳴らした。すぐに顔を見せた侍女に、談話室を開けて、それから茶と菓子でも、と指示を出す。本来そこはルドヴィーコとルドヴィーコが招いた客人用の部屋ではあるのだが、ルドヴィーコはそのあたりに頓着していない。当の祐筆をはじめ使用人たちも、主人がそういう態度であったから、あまり気にすることもなく従っている。

祐筆が出ていってしまうと、ルドヴィーコは未決の書類の山を見てため息をついた。

3日前の夜、王太子に王城へ呼び出されてから、ルドヴィーコは己の本来の仕事に――つまりノール伯爵としての仕事に、ほとんど手を付けられていない。王太子に招かれたその翌日、ルドヴィーコは王太子との会談で受けた衝撃をたっぷり半日引きずり、マレス侯爵にどう詫びるかと考えあぐねて丸一日を浪費した。仕事など手に付くはずもなかった。言いようのない不安を抱え、そして王太子その人にも更に一度招かれ、精神的にも時間的にも、まともに職務をこなすことができる状態ではなかったのだ。

それでなくても、伯爵となれば顔を出さねばならぬ席も少なくはない。ルドヴィーコはそのような場をけっして嫌ってはいなかったが、だからと言って本業を——領地を治め、領民たちに平穏無事な生活を与えることを、おろそかにするわけにはいかなかった。

そして、ルドヴィーコは今日もとある席へと招かれている。断ることなどできなかった。招いてきた相手は、娘の婚約者となった王太子なのだ。

諸卿とともに、マレス侯爵令嬢への処断を確定する場。王太子はルドヴィーコに、そのように説明していた。追放の処断に与えられた猶予は今日の日没まで。あの侯爵令嬢は既に王都を出たという。そのあとで詫びの使者でも送ったのでなければ、追放刑はそのまま発効するはずだ。

そうなれば本当に、矢が放たれてしまう。王太子もあの侯爵令嬢も引き返すすべがなくなる。

あとはマレス侯爵その人の判断に期待するほかない。穏やかで有能で領民思いという評判のマレス侯爵だが、同時に自分と同じく、娘を持つ父でもある。娘が蔑ろに扱われたと知ったとき、王国有数の大貴族がどのように変貌するのか、ルドヴィーコは知りたいとも思わなかった。

——まさか王都まで攻め込んで来たりはするまいが。

伝え聞く先代マレス侯爵の烈しさならばそこまでもやりかねない、とは思ったが、それを想像するにはあまりに当代の性格が穏やかでありすぎた。

悪い方にばかり向いてしまう想像を努力して振り払い、ルドヴィーコは積み重ねられた書類からもう1枚を手に取った。ひとつ息をついて読み始める。

仕事そのものを殊更に好む性質のルドヴィーコではなかったが、今はそのくらいしか心を逃がす先がないのだった。

休んでこいと送り出した祐筆は、きっかり四半刻で戻ってきた。ルドヴィーコが机の隅に重ねた書類と、その1枚ずつに付けた走り書きのメモを手に取り、己の机へと持ち帰る。

自身の仕事道具を取り出して机の定位置に並べながら、祐筆が口を開いた。

「そう言えば、閣下」

「なんだね」

ルドヴィーコが顔を上げて応じる。集中しているときであれば、あとにしてくれ、と言うところではあったが、幸か不幸か今はそうではない。己の心を占拠して立ち退こうとしない悩み事が原因だった。

「執政府の様子が、今日は何やら妙でして」

「どういうことだね？」

ルドヴィーコはつい、と書類からペンを上げた。どうということのない話に聞こえても、それが重大な何事かの兆候ということはある。執政府は何しろ、国中の情報が集まる場所なのだ。

「普段よりも空席が目立っておりましたし、何と申しますか、少々ざわついた感が」

ふうむ、とルドヴィーコは口の中で唸った。

「ああ、『このままでは人手が』というようなことを、事務官が言っておりましたな。廊下の立ち話を、通りざまに小耳に挟んだだけですが」

そうか、と頷いてルドヴィーコは首を傾げる。

何か妙だ、という以外のことを祐筆は言っていない。さしたる根拠もない。

空席の目立つ執政府。

普段はあまり出ない出張に出ているという書記官。

人手が足りなくなるとぼやく事務官。

どれも執政府にあって、取り立てて怪しむほどのものではない。だがそこに、その場で見なければわからないような違和感があったのだろう。どこにどのような引っ掛かりを感じたのか、当の祐筆自身も言葉にできない程度の、ささやかな違和感。

口に出した祐筆も、もうそれを忘れたかのように己の仕事に戻っている。

どこかで何かが起きている。あるいは、起きようとしている。伝え聞いただけのルドヴィーコにも、そのことは感じられた。

――だが一体どこで、何が？

己に問いかけてみてもわからない。

もしかしたらあの侯爵令嬢の一件と繋がりが、とも疑ってはみたものの、ルドヴィーコには、例の一件といま執政府で起きていることの接点を見つけ出すことができなかった。

頭を仕事に戻さねば、と息をついたルドヴィーコは、窓から手許を照らす光の加減で、陽が傾き始めていることを知った。

「ああいかん」

口に出して言い、手早く印章や愛用のペンを片付けて立ち上がる。

王太子の呼び出しのために、身支度を始めなければいけない時間になっていた。

「すまんがな、殿下に呼ばれておって、これから王城へ向かわねばならん。戻りは夜になるから、その書類を片付けたら今日は店じまいしてくれ。ここには鍵をかけてな」

執務机から立ち上がり、心もち早口で祐筆に指示を出す。

はい、と祐筆が頷くのも確かめず、ルドヴィーコは部屋を出た。祐筆の違和感の正体について考えていたあれこれは、それきりルドヴィーコの頭から消えた。

眼前のより大きな悩みが、ルドヴィーコの心を占めたからだった。

日没の鐘が王都に響いている。

「ただ今をもって、マレス侯爵令嬢アリアレイン・ハーゼンを追放刑に処す。この件の布告は明朝とする」

王太子エイリーク・ナダールは、主だった宮廷貴族たちを前に宣告した。

末席には、ルドヴィーコも座っている。

王太子の宣告に、全員が黙って頭を下げた。

誰の顔にも驚きの色はない。ルドヴィーコは既に聞いていたし、王太子と重臣たちとの間では昨日の昼、方針をすり合わせてある。

「これに伴い、余とアリアレイン・ハーゼンとの婚約は当然に解消される。新たな婚約者はノール伯爵令嬢クラウディア・フォスカール」

座の全員が一斉にルドヴィーコに視線を向けた。

――『茨の安楽椅子』の方がまだしもましな座り心地かもしれない。

いにしえの時代、教会の異端審問官が使ったという拷問具を、ルドヴィーコは思い出した。

「殿下、わが娘クラウディアにかような名誉をお与えくださり、感謝の言葉もございません」

己に視線を向けている重臣たちとなるべく目を合わせないように言い、深々と頭を下げる。

「婚約の発表は追って行うこととしよう。ノール伯だが、いずれ王妃の父となるゆえ、一代侯爵ということになる。侯爵の地位に相応の職に就いてもらわねばならん」

鷹揚に頷いた王太子が言う。

おやめください、という言葉を、ルドヴィーコはすんでのところで飲み込んだ。

娘の婚約一件で、要らぬ目立ちかたをしている。

この上『相応の職』などに就かされたらどう見られるかわからない。

「――とはいえ、空いている席がないな」

侯爵といえば居並ぶ諸卿と同格だが、諸卿の席は埋まっている。諸卿たちには無論、辞める理由も辞めさせる理由もない。

「されば――内大臣ではいかがでございましょうか」

式部卿が進言した。

内大臣。国璽(こくじ)と宮中の文書の管理を行う王の側近。

諸卿と異なり常設の官職ではなく、必要に応じて置くものとされており、今は空席だった。

職務の実態ははっきりと決まっていない。その権能を利用して宮中の実権を握ることもあれば、名目だけの職でしかないこともある。

すべては時の王と内大臣の力量や関係によるという、曖昧な官職であった。

「おお」

意を得た、とばかりに王太子が頷く。

「内大臣か。それがよい。婚約の発表と併せて、ノール伯の昇爵と新たな官職についても公布するとしよう。皆、異存はあるか?」

疑問や異論などあろうはずもなかった。

ルドヴィーコとしても異存はない。曖昧な官職、というところが有難かった。

名目だけの職という程度であれば、要らぬ嫉妬や注目を受けて、周囲と軋轢を生じることもない。

あとは辞を低くしながら大過なくやりすごせばよい、とルドヴィーコは思っている。

「身に余る光栄、まこと感謝の念に堪えません。皆々様におかれましては、わたくしめに至らぬところあらばご教導をいただき、わが娘ともどもお引き回しくださいますよう」

口上を述べて、ルドヴィーコはもう一度深く頭を下げた。

「まあまあ、ノール伯爵、そう気兼ねをなさいますな」

柔和な笑顔で取りなしたのは内務卿だった。

「我々もノール伯爵令嬢のご婚約をめでたく思っておるのですから。――そうですな、方々？」

恐縮でございます、とルドヴィーコは更に深く頭を下げる。

「いやまったくさよう、ノール伯爵令嬢こそが未来の王妃にふさわしい」

含み笑いとともに響いた声は財務卿のそれだ。

「せんだってのご婚約者様は、いささか――」

「いやいや、陛下のお選びなすったご婚約者――いや、元ご婚約者様でございますからな」

「さようさよう、申し分のない資質をお持ちでいらっしゃった」

「しかし、過ぎたるはなんとやら、と申しますからな」

顔を上げたルドヴィーコの前で諸卿一同が好きなようにあれこれと言い、一様に笑いを漏らす。

礼を失した振る舞いではあるが、王太子はそれを咎めるでもなく、言うに任せたままだ。

「しかし殿下のご英断とあらば」

「残念なこととは申せ、致し方のない成り行きでございました」

「まさしく」

もうどこかで話が出来上がっていたのだろう、とルドヴィーコは思った。

少なくとも、宮廷のこの空気を王太子が知らぬはずはないし、王太子とあの令嬢の間のあれこれを、諸卿の席に座るような宮廷貴族たちが摑んでいないはずもない。

「そのような次第で、我々も新たなご婚約者様——ノール伯爵の御令嬢を歓迎しておるのです」

「そこのところは是非、ノール伯爵、あなたにもお含みおきいただきたいのですよ」

「さすれば王室は安泰、宮中も安泰」

「いや、やはり無用の波風など立たぬに越したことはございません」

ノール伯爵はいかがお考えですかな、と内務卿がルドヴィーコに笑顔を向ける。

満面の笑みのなかで、目だけが笑わずにルドヴィーコを見ていた。

領主貴族として見れば、近年とかく滞りがちであった国政のあり方を変えてゆく侯爵令嬢には、ある種痛快なものを感じる。

だが、国政をこそ職域とする宮廷貴族たち、ことに重職にある諸卿にとってみればどうか。

王太子の婚約者という立場を笠に着て自分たちの権益を侵す不埒者、と見られたのだろう。

マレス侯爵にしても、己の娘を足掛かりに宮廷での権勢をも独占しようとしている、と取られたのかもしれない。

クラウディアには——ルドヴィーコの愛娘には、国政を取り仕切るような意図も見識もない。王太子の寵愛を喜ぶだけの伯爵令嬢と、いささか直情径行な部分の目立つ王太子。宮廷貴族から見れば、そのように見えている、ということだ。それはつまり、彼らにとって御しやすい、ということに違いなかった。

そして御しやすいということで言えばおそらく、ルドヴィーコ自身も同じ評価をされたはずだ。

ルドヴィーコは己の世評をよく知っていた——『小心者の俗物』。

己の立場を理解させ、未来の王妃の父として、幾ばくかの権益と名誉をあてがっておけば、と思われたのだろう。

「まったく皆様の仰るとおりで。——娘にもよくよく言い聞かせておきます」

ともすれば引き攣りそうになる口許を笑みの形に曲げ、座の全員を見渡して、ルドヴィーコはまた頭を下げた。

小心者の俗物。まったくそのとおりだ、と思う。

だが、小心者には小心者の、俗物には俗物の、処世術がある。

高邁な理想を掲げても、それで生き残れないならば意味はない。

渡らねば先へゆけぬ橋であれ、落ちるかもしれぬ橋を渡らずに済ませられるならばその方がいい。

ルドヴィーコには、この恐るべき機会主義者たちに抗ってまで貫きたい己などなかった。

あるとすれば、せめて安寧に、そして叶うならば少々贅沢に、妻と娘との生活を守りたい、というくらいのものだ。

「いやいや、ですからそう気兼ねをなさいますな、ノール伯爵」

隣の席に座った商部卿が親しげにルドヴィーコの肩に手を置く。

「なんと言っても殿下のご婚約者様、将来の王妃の父君、もうしばらくすれば内大臣でございますからな」

「さようさよう、もっと堂々としておられたがよろしいかと」

「ま、何事にも限度というものはございましょうが」

「まさしく。しかしノール伯爵はさすが、そのあたりをよくお解りでいらっしゃる」

「つまり皆々安泰、万事めでたし、ということでしょうな」

めいめいが好き勝手に口にする話を財務卿がまとめ、一同がまた笑った。

ルドヴィーコは、吹き出てきた汗を半ば無意識に拭っている。

「そのくらいにしておけ、ノール伯もお前たちの言いたいことはよく解っておろう」

王太子が愉快そうに会話を締めくくった。

「ひとまずは明日の朝、追放の布告だ。併せてマレス侯家の王都邸及びマレス騎士館を接収する。別邸その他の財産も同様だ。布告は各方面へ早馬で届けよ。布告は式部省、接収は法務省の所管であったな」

式部卿と法務卿が頭を下げて了承の意を示す。

「騎士館の接収のみは近衛騎士団に任せる。軍務卿、近衛騎士団長に話を通しておけ」

「承りました。——して、兵の招集はいかがなさいますか、殿下？」

実務家の顔になった軍務卿が尋ねる。

「今はまだよい。焦ることはない——あれに打てる手など、もう残ってはいないのだ」

余裕のある笑みとともにそう断じた王太子が、手振りだけで下がってよい、と命じる。

ルドヴィーコを含めた全員が一斉に席を立ち、礼をして退出した。

部屋を出て緊張から解放され、大きく息をついたルドヴィーコは、その瞬間に肩を叩かれて声を上げそうになった。

危ういところで飲み込んだ声が、喉の奥で奇妙な音になる。

「ノール伯爵、いかがですかな、お近づきのしるしに場所を変えてもう少々」

内務卿だった。

先ほどと同じ笑みを——目だけが笑わない笑みを、浮かべている。

「いやいや内務卿、ここに来て抜け駆けというのはいかがなものですかな」

似たような笑みを浮かべながら割って入ったのは財務卿だ。

いやいや抜け駆けなどとは、と内務卿が返し、ふたりして声を合わせてまた笑う。

ルドヴィーコは曖昧に笑いながら、話の成り行きをただ見守るほかなかった。

——獲物を巡って争う猫を見た鼠は、こういう気分になるのかもしれない。

絶望的な気分でそう思う。

結局、明日の布告に備えねばならないという式部卿と接収の実務を担当する法務卿を除いた全員が、新たな王太子の婚約者とその父のために祝杯を挙げることになった。

断ることなどできようはずもない。執政府を取り仕切る重臣たちに囲まれたルドヴィーコは、祝宴の会場へと案内された。

ほとんど、刑吏に連行される罪人のような風情だった。

侯爵令嬢アリアレインの祈念

夜半過ぎの空に、月がかかっている。

――３日で案外細くなるものだな。

速歩で馬を進めながら月を見上げて、アーヴェイルは思った。

王都を出て丸３日。下弦の手前だった月は、もう下弦を過ぎて、三日月に近づいていっている。

アーヴェイル自身は、明日には竜翼山脈を越えることになるだろう。

そして明後日の、遅くとも日が落ちる前までには、マレスにたどり着いているはずだ。

お嬢様の追放の一件はどうなっているだろうか、とアーヴェイルは考える。

あのとき王太子は３日後の夕刻をもって追放、と言っていた。

アリアレインが言うように前言を翻せないのだとすれば、追放刑そのものはもう発効しているはずだった。

だが、刑の布告や執行を日が出ている間に限る、とする慣習もある。

王太子がわざわざ慣習を外してくる理由はなさそうだ。だとすれば布告は明日の朝。

そこから早馬を出したとして。

最速で移動している自分は、既に3日半を先行していることになる。

初動で先んじて、既に確保している時間の差を拡げ、拡げた時間の差を使って更に時間を稼ぐ。

そうして冬までの時間をしのぎ、次の春までの時間を使って、竜翼山脈の向こう側の地固めをする。

それがアリアレインの計画だった。

つまるところ、すべての鍵は時間が握っている、ということだ。

時間を稼ぐための種は蒔いた。

エズリンでもそのあとで立ち寄った街でも、それらはおおむね成功したはずだ。

領主と商館への書状、そして噂話。

アーヴェイルが通り過ぎてきた一帯に撒いたそれらは、互いが互いを補い合って効果を増す毒薬のようなものだった。

そして、勝利を確実にするためのさらにもう一手を、アリアレインはアーヴェイルに託している。

まずは一刻も早くマレスへたどり着き、侯爵閣下に起きたことを伝えねばならない。

次の手は——レダン子爵を抱き込むための一手は、事の成否を決める一手であるはずだった。

だから絶対に失敗などできないし許されない、とアーヴェイルは考えている。

失敗すればマレス侯爵領は王太子が発した軍に蹂躙されて終わる。

成功したとしても、自分が無事でいられるとは限らない。

――もしそのような事態に至ったならば、お嬢様がどれほど後悔されるか。

失望よりも先に後悔をして、おそらくアリアレイン自身を責めるだろうと、アーヴェイルは確信している。

家と己を守るためであれ、そこで失われるものに思いを致し、それが失われたことに心を痛める主であればこそ、アーヴェイルは全力で支えようと思うのだ。

その中に――失われるかもしれないものの中に、自分も含まれているのだろうか、とふと思い、出立の直前のアリアレインの様子が、アーヴェイルの頭に浮かんだ。

――そうだったのですか。

お嬢様が手を震わせていたのは。恐れていたのは。

王太子や叛逆そのものではない。そうだとすれば。

危険で困難な役目に、自分を――信頼する部下を、送り出すことを。

最も近くにいて、最も親しく言葉を交わした自分を送り出すことを。

――それを恐れておられたのですか。

本当は不安で、それでもそれを隠そうとしたのは。

私にもそれを知られたくないと思ったのは。

――私だから、なのですか。

送り出す側が不安を見せれば、送り出される側は自信を失う。

ただでさえ危険で困難な役目に当たるのに、自信まで失わせればどうなるか。

そう考えていたに違いなかった。

「違うのですお嬢様」

自分以外の誰にも聞こえないような小さな声で、アーヴェイルは呟いた。

それを不安に思ってくださるあなただからこそ。

私は信頼と敬意と、そして決して許されることのないものを、あなたに抱くことができた。

あの夜口にした言葉は――あなたに頼られることが嬉しいのだと言ったその言葉は、自分の心からのものだった。

自分を常に頼りにしてくれて、ささやかな甘えや我儘を、ほんの時たま自分にだけ見せると知っているからこそ、自分はそれらを好ましいものとして受け止めてきた。

だからあなたの不安も恐れも、きっと受け止めることができたはずなのだと伝えたかった。

――伝えなければ。

あなたが不安に思うことはなかったのだと。

たとえ不安であっても、自分はそれを受け止めることができるのだと。

あなたの判断は正しかったのだと。

だから後悔したり、自分を責めたりしなくてもよいのだと。

あなたが願ったとおり、自分は無事であなたのもとに戻ったのだと。

任された仕事をすべて果たしたのだと。

伝えなければいけない、そして伝えたいと、心の底から思った。

ほとんど無意識のうちに、手が腰の小物入れに触れていた。

そこにアリアレインが忍ばせた、あのハンカチが入っている。

「――待っていてください」

もう一度呟くように言って、アーヴェイルは手綱を握り直す。

東へ続く街道の石畳を、白く細く、下弦を過ぎた月の明かりが照らしていた。


「姉様、よくそういうことを考えつくよね」

クルツフリートが言った。呆れたような口調だった。

「効果的でしょう?」

「……どれもこれも、嫌になるほどね」

にこりと笑って答えたアリアレインに、クルツフリートは肩をすくめた。

狭い船室だった。アリアレインはベッドに腰かけ、部屋にひとつしかない小さな丸椅子にはクルツフリートが座っている。

コルジアの港を出航しておよそ半日。ほどよい風と、そして沈もうとする日の光を船尾から受けて、2隻の船は南東へと向かっている。

「屋敷は教会に渡して、執政府に送り込んでた連中は引き上げて、書記官は引き抜いて?」

指を折りながら、クルツフリートが数え上げる。

「その上、公用使を使ってこういう話だろ。やられる方はたまらないよな」

港を出てしばらくの時間が経ち、船の状況も落ち着いて、昼食が供されたあとで、クルツフリートはアリアレインの部屋を訪れていた。

帆を上げて陸を離れてしまった上は何を知ろうと問題がない。だからクルツフリートはようやくアリアレインの構想を聞き、そして感心すると同時に呆れ返っていたのだった。

「知ってたら、止めた？」

「止めないよ。姉様、怒ってたじゃない」

「——何よそれ」

小さく笑いながら、抗議するようにアリアレインが言う。

俺は思い知ってるからね、などという台詞を口には出さず、クルツフリートはもう一度肩をすくめて一緒に笑った。

短く小さな笑いが途切れたあとで、アリアレインがひとつ息をつき、真剣な表情でクルツフリートに視線を向けた。

「クルツ、あなたに謝らなければならないことがあるの」

「俺に？」

あらたまった口調で切り出した姉に、クルツフリートは意外な思いで応じた。

今更なにを謝ることがあるのだろう、と考えている。

「あなたに侯爵位を継がせてあげられなくなってしまったわ」

マレス侯爵家は、男女を問わない長子への相続が習わしだ。

本来ならば姉が家を継ぐべきところ、王太子妃に、そして将来の王妃に、ということが決まっていたから、次位のクルツフリートが侯爵家の後継、という話になっていた。

結婚の話が消えたならば、侯爵家の継承順位は本来のものに戻る。父侯爵がどう判断するか、というところではあるが、クルツフリートは己と姉との差を十分すぎるほどに認識していた。

「姉様が継ぐならその方がいいよ。侯爵家にとっても領民にとっても。──それから多分、俺にとってもね」

「ごめんなさい」

頭を下げて詫びるアリアレインに、クルツフリートは奇妙な居心地の悪さを覚えている。

「やめてよ姉様。姉様が気にする話じゃないでしょ、婚約を取り消したのは姉様じゃないんだし」

「それでもね。わたしがクルツ、あなたから侯爵の継承権を奪っちゃうことにも、あなたを利用しようとしてることにも、変わりはないのよ」

顔を上げたアリアレインが続けた。

「利用ねえ。お互い様じゃない？　俺が決めたわけじゃないけど父上は姉様の結婚を利用しようとしてたし、俺だってその侯爵家の一員だもの」

「──あなたの婿入り先が決まってる、って言っても？」

「婿入りってどこに──ああ、レダン？」

「そう。あそこの御令嬢の、上のほう」

「政略結婚で繋がりを作る先としては妥当なところだと思うよ。俺と姉様が逆の立場でも、同じ状況なら俺は多分そうする」

何かを思い出すように視線をさまよわせたクルツフリートが、ああ、と独語してにこりと笑った。

「思い出した。マレスで2回、王都で1回会ったかな。可愛らしくて素直な、いいお嬢様だった。ふたつみっつ下だったと思う。——うん、俺には不満はないよ、あっちはどうだか知らないけど」

その態度が弟なりの気遣いなのだろうと思いながら、アリアレインは小さく息をつく。

「あなたならその点は大丈夫。わたしは心配してないわ。立場は難しいところだと思うけれど」

「まあね。子爵閣下のこともそれほどよく知ってるわけじゃないし。でも、何とかなるとは思うよ」

同盟のための政略結婚で、クルツフリートは半ば人質のような婿入りになる。

そして、そこで反感を得てしまったなら、子爵家乗っ取りの手先と考えられても不思議ではない。

だがアリアレインもクルツフリートも、その点についてさしたる心配はしていなかった。

尖ったところのない、穏やかで人好きのする性格の持ち主。

それでいて人を見る目は姉や父に劣らない。

難しい立場ではあっても、決定的に関係を破綻させることはない、と踏んでいる。

「だからさ、姉様はあんまり気にしないで。俺はむしろ、侯爵家を継がずに済んで気が楽なくらいだから」

ふたつ年下の弟は、もう目線が小柄な姉よりも随分と上になっている。

「――ありがとう、クルツ」

自分を気遣ってくれたのであろう弟の、自分より高い位置にある目を見て、アリアレインはそう応じた。

いくら謝っても足りることはないけれど、今この場で口にするのは、謝罪より謝礼の言葉が相応しいと思ったのだった。

規則的で静かな波音。

風を捉えた帆の立てる音。

軋む船体が発するかすかな音。

陸であれば一切の音が消えるような夜更けであっても、海をゆく船の中では様々な音が聞こえてくる。揺れる寝台の上で眠れないまま、アリアレインはぼんやりと船室の天井を眺めていた。

船に酔っていたわけではない。

海の夜の物音や、潮の匂いに悩まされているわけでもない。

正体の知れない不安に苛（さいな）まれながら、この船に乗っていない配下のことを考えていた。

13の歳、4つ年上だったアーヴェイルを、護衛兼補佐役に指名してから4年。

マレスでも王都でも、これほど長く離れたことはなかった。

常に自分の意を汲み、忠実に尽くしてくれるアーヴェイルを、自分は最も信頼していた。

だからこそ危険で困難な仕事を任せて送り出した。

アーヴェイルにできないならば、ほかの誰にもできないだろう、と考えて。

それも汲んでくれていたのだと思う。

笑顔で一礼して書斎を出ていった、その姿が思い出された。

同時に、そのときの言いようのない不安と罪悪感も、心の中に蘇ってきた。

そうだったのね、とアリアレインは思う。

自分にとってアーヴェイルは、替えようのない——かけがえのない存在だったのだ。

だから、彼しかいないし、彼にならばできると頭では納得できていても、自分の中の我儘な部分が、離れることを不安に思っていたのだ。

かけがえがない相手を、切り札として——強力ではあっても、替えの利きうる存在として使うことに、罪悪感を覚えていたのだ。

不安も罪悪感も、アーヴェイルその人に関わるものだから、アーヴェイルには知られたくなかった。

自分にとってかけがえのない相手だから、アーヴェイルだけには知っておいてほしかった。

ひどく矛盾するようでいて、実は同じところに根を発するいくつもの感情を、アリアレインは覗き込んでいた。理屈に合わない話だとは思ったけれど、不思議と嫌な気分にはならなかった。

もぞもぞと起き出して薄掛けを肩から羽織り、舷窓の掛け金を外して薄く開ける。

下弦を過ぎ、三日月に近づきつつある月の光が、白く静かに、海面を照らしていた。

舷窓から吹き込んだ風が、艶やかで長い黒髪と、肩から羽織った薄掛けをなびかせる。

——ねえアーヴェイル。

離れてから毎夜そうしてきたように、アリアレインは心の中で、忠実で優しい従士に呼びかけた。

我儘を言ってごめんなさい。

あなたにしか頼りたくなかったから。

自分の弱いところも脆いところも見せられるのは、あなただけだと思ったから。

あなたはこんなわたしを、許してくれる？

「待っているから」

あなたがすべてを為し遂げて戻ってくるのを。

わたしの願いのとおり、無事に戻ってきてくれるのを。

我儘を責めてくれていいから。

もうこんなことをするなと叱ってくれていいから。

だからどうか、

「——どうか無事で」

アリアレイン自身のほかに、海風に流されたその言葉を聞いた者はいなかった。

幕間——王太子エイリークの憤激——

KOSHAKU REIJO ARIALEIN NO TSUIHO

奏任書記官ラドミールの選択

奏任書記官ラドミール・ハシェックは、母が暮らす小さな家の寝室で目を覚ました。

王都で指示された公用は昨日、どうということもなく済ませた。

代官所に封書を届け、そのまま空いている机を借りて、道中見てきたあれこれを取りまとめた。

見た限りでの大まかな収穫の予測、通り過ぎた農村の状況、同宿した旅商人から聞き出した噂話。

状況はおおむね馬車の窓から見たとおりで、取り立てて変わったところはなかった。作況は平年並みかやや良い程度、特に問題を抱えているような様子は見当たらない。

もっとも、王都の近辺、3日行程のここマノールのあたりまでで問題が生じているようであれば、そのことはもうラドミール自身の耳にも入ってきていておかしくはなかった。だからラドミールは、何事もないという事実を確かめただけ、とも言える。

それでも、ラドミールは、事実を自分の目で確かめられたことに、それなりの満足を覚えていた。

直轄領の代官たちや貴族の所領からの報告を、ラドミールは普段、執政府は農部省の執務室で受け取っている。

よほどのことがなければ——たとえば大規模な天災や凶作といった、王国そのものに重大な影響が出るような事態がなければ、執務室から外に出て、自分の目で現場を確かめるような必要はない、と考えられているからだった。

無論、それで執務に大きな問題はない。だが、領単位の大摑みで作成される報告書には、村のひとつひとつで何が起き、どこの村がどのような問題を抱えているか、といったことはけっして書かれない。

実地に見なければわからないことは多々あるし、己の仕事がどこにどのような影響を与えているものか、あるいは逆に、己の仕事に影響を与えそうなことがどこでどのように起きているか、実感することもできはしないのだ。

何事も仕事に引き付けて考える癖は、ある種の職業病と言えるのかもしれない。

だが、自分のそういった部分を誇りに思う自分もいる。執政府に、ひいては王国に、奉職するということはそういうことなのだ。

酒を飲んだ翌朝に特有の強い喉の渇きと、そして薄く布をかけられたようなぼんやりとした頭のまま、ラドミールは取りとめもなく、そんなことを思っていた。

高等文官試験に合格して故郷を発ったそのときのままに母が整えてくれていた部屋で、おそらく3年間誰も寝ないまま手入れだけはされていたベッドに横たわり、ラドミールは懐かしい天井を見上げている。

昨日ラドミールは、旅の途上で買った土産と、そして少々いい酒を手に、母のもとを訪れていた。

唐突に帰ってきた息子に母は驚き、来るなら事前に報せておけと言い、なんの準備もないとぼやきながら、それでもできる限りの歓待をしてくれた。

いささか飲みすぎたかもしれない、と思いながらベッドから起き上がる。

普段、翌日に残るような酒の飲み方をすることはない。久々に会う母との食事で気が緩んだのだろう。

とはいえ、今日明日にはここマノールを発って王都に戻らねばならない。

当たり前のことだが、3年会わない間に、母は3年分歳をとっている。

この調子ではあとどれだけ会いに来られるか、と想像してしまい、朝から少々気が塞いだ。

まあ、休暇も以前よりは取れるようになってはいるからな、とラドミールは自分を納得させた。

現にこうして、どういうことのない公用のために、半ば休暇、半ば視察旅行のような里帰りをしているのだ。

そう言えば、とラドミールは思い出した。

――王都でひとつ荷を渡されていたな。公用を済ませてから開けろ、とか。

思い返して、己の荷物の中から件の荷を取り出す。

荷を開けると、封筒と小箱が出てきた。まず封筒の封を丁寧に切って中の文書を手に取った。

「――は?」

冒頭の一文を見たラドミールの口から、思わず声が漏れる。

『王太子殿下の勘気を被り、わたし、アリアレイン・ハーゼンは王国を追放されることとなりました。』

眠気も、残っていた酒も、すべてを消し飛ばすような衝撃だった。

たしかにあの令嬢の筆跡で、そしてあの令嬢らしい書きぶりで、しかしその内容はラドミールの頭を殴りつけるようだった。

婚約を解消されたこと。

王国貴族に相応しからぬという理由でもって追放刑に処されたこと。

処分の発効は昨日の夕刻であること。

自分は王都を引き払い、それを望む者とともにマレスへ向かうこと。

そこにどのような事情があるか説明するでもなく、淡々と、これまで起きたことと、そしてあの令嬢がこれから行うことが記されている。

なにがあったのかは憶測に頼るほかないが、彼女がそのように書くのであれば、起きたこと自体は事実なのだろう。

どういった罪で追放刑に処されたかはわからない。だが、『勘気を被った』という書き方からすればおそらく、確たる罪があるというよりも王太子の気を損ねる何かがあった、ということだ。

追放された者は親兄弟からでさえ一切の援助を受けることができない。

それと知って手助けすれば、あるいは何らかの関わりを持てば、そのようにした者も同罪、というのが王国における追放刑の決まりごとだ。

ゆえに歴史上、追放刑の宣告を受けて国境までたどり着けた者は、実はそう多くない。

過半は追放刑の布告がなされた直後からあらゆる相手に追われ、奪えるものすべてを奪われて悲惨な最期を迎えている。

マレス侯爵令嬢の場合は、追放の発効までに猶予があったようだから、それを使ってマレスへたどり着くことはできるだろう。

その先はどうなるだろうか。

王都を引き払ってマレスへ向かうということは、少なくともすぐに詫びを入れて済ませる気はない、ということだ。

父であるマレス侯爵と相談した上で対応を決める、ということなのかもしれない。

考えながら文書を目で追っていったラドミールは、短い手紙の最後近くになって現れた一連の文章に、もう一度驚かされた。

『わたしはあなたの能力を高く評価しています。

ともに侯爵領に来ていただけるのならば、現状に増す待遇を約束しましょう。

路銀を同封しましたので、お受けいただけるのであれば、マノールから船に乗ってください。

お母上の分も含めて、十分な額と思います。』

慌てて小箱を開けると、宝石がいくつか収められていた。宝石に詳しくないラドミールには、金貨にして何枚分になるのか、定かにはわからない。

だが、街の商館で金に換えれば、相当な額になるであろうことは間違いがなかった。母とふたり分の船賃と、そして当面の生活費を賄って余りあることだろう。

――問題は。

ラドミールは考える。

形はどうあれ、明らかな叛逆の誘いだった。

この誘いに乗ったならば、もう引き返す術はない。

あの侯爵令嬢と、そしておそらくはマレス侯爵とも、言うなれば『同じ船に乗る』ことになる。

どこの港に着くかもわからない船に乗って、沈むときは一緒に沈まねばならない。

王国の官僚として取るべき道とは思えなかった。

しかし、とラドミールは更に考える。

この船は、自分が乗るようにと誘われた船は、本当にそうやすやすと沈むのだろうか？

マレス騎士隊は精強をもって鳴るとはいえ、近衛騎士団の方が戦力としては各段に大きいだろう。

まともに当たれば、たとえば平原地帯での野戦でぶつかれば、近衛騎士団が圧勝するに違いない。

侯爵領軍と王国軍の比較であっても同様だ。

では、まともに当たらないとしたら？

そしてそもそも、即座に、まともに当たることができるのだろうか？

——自分が今ここにいて、しかもマレス侯爵家の家臣団が王都から消えているならば。

騎士団や軍を動かすための手配は確実に遅れるはずだった。

糧食やその移送手段の手配、酒保商人との交渉と契約、そういったものがあらかじめ整えてあって、はじめて軍は動くことができる。

その実務の中心を担う自分が今ここにいるならば。

そして、執政府のあちこちの部署で執務を補助してきたマレス侯爵の家臣たちがまとめて引き上げられているならば。

戻るまで事態はほとんど動きようがない。

あの令嬢は、それを知っていて自分に出張を命じたのだ。王太子の初動を遅らせるために。

笑い出したい気分になった。

公用も母のことも単なる口実、視察という目的は自分が勝手に見出したつもりだっただけ。

あの令嬢は自分を職務から遠ざけるためだけに公用を作り出し、その上こうして叛逆への加担を誘っている。

——そもそも自分だけなのか？

出張を命じられたのが自分だけでないとしたら。

そして、このような手紙を受け取っているのが自分だけでないとしたら。

執政府全体の動きを鈍らせるために最も効果的な、言ってみれば執務の結節点を、あの令嬢が狙っているのだとしたら。

複数の奏任書記官に同じことをしているはずだった。

たとえば10人の奏任書記官に声をかけて、その中の半分でもそれに応じたとしたら。

奏任書記官の激務は執政府の誰もが知っている。

だからこそ、耐えきれなくなったかつての同僚が倒れ、余波を受けたラドミール自身もその寸前まで追い詰められたのだ。

ラドミールは顔をしかめた。

あのとき自分を救ってくれた侯爵令嬢も、彼女が侯爵家の家臣団から差し向けてくれた祐筆や雑役夫も、もういない。

そしてこれから始まるのは、おそらく戦だ。

そうなるのならば、膨大な数の人と、そして莫大な量の物資と金が動き、やり取りされ、費消される。その繰り返しこそが、そしてそれによってもたらされる恐るべき量の事務こそが、結果として生み出される書類の山こそが、農部省の官僚——奏任書記官であるラドミールにとっての戦なのだ。

日々の業務を切り回すことすらおぼつかなかった陣容で、自分はこれから途方もない量の事務をこなしていかねばならない。ラドミールの脳裏に多勢に無勢という言葉が浮かび、次いで、足りない手勢で強大な敵に立ち向かう指揮官が連想された。

――そんな無謀なことが通用するのは、軍記物の中だけだ。

現実にはそんな甘いことはない。ないからこそ、自分たちがそのような立場に立たないように、執政府はその機能を高度化させ、分化させて、書記官や事務官を多数抱えるに至ったのだ。あの侯爵令嬢は、小勢の立場にありながら、圧倒的に大きな王国の抱える弱点を的確に突いてきた、ということになる。

そして自分は、あの侯爵令嬢が突き付けてきたふたつの選択肢のどちらかを、今ここで選ばなければならない。

王国の官僚たる地位を捨てて沈むかもしれない船に乗るか、王国への忠誠と官僚の地位を取って確実に地獄絵図が繰り広げられる職場へと戻るか。

あの侯爵令嬢に感謝すべきなのか恨みを向けるべきなのか、ラドミールにはわからなくなっていた。

「ラドミール、食事の支度ができるわよ、そろそろ起きなさい」
己を呼ぶ母の声で、ラドミールは心を決めた。
本当の事情を伝えるわけにはいかないな、と口の端だけで笑い、手紙と小箱をしまう。
「ああ母さん、ありがとう、すぐ行くよ」

前日に引き続いて代官所を訪れた奏任書記官は、代官に面会すると、丁寧な態度で幾通かの封書を手渡した。

次の定期の公用使便で王都へ送ってほしい、と依頼する書記官に、代官は中身を尋ねた。

視察の報告書です、執政府の農部省に宛てて、と書記官は答え、ではそのように、と代官は請け合った。

同じ日の夕刻、港に停泊している快速船に、ふたりの客が乗り込んだ。

旅慣れた風の若い男と、その母らしい老境に入った女性だった。

ほどなく帆を上げた船は、滑るようにマノールの港から出航した。

王太子エイリークの憤激

「どういうことなのだ？」

王太子エイリーク・ナダールは苛立ちを隠そうともしなかった。

もとより己の気分を表に出して咎められる立場でもない。

「ですから教会が――大司教猊下も臨席しておられる、とのことで」

「それはもう聞いた。なぜそのようなことになったのか、と尋ねておる」

それはその、と報告に来ていた法務卿が口ごもる。

「なぜ教会が我が物顔でマレスの屋敷に陣取っておるのだ。公布と時を同じくして接収に出向いたはずではないか。――式部卿？　なにか手違いでもあったのか？」

は、と応じた式部卿の顔色は冴えない。

2日前に王太子と方針をすり合わせ、手抜かりのないよう部下たちを叱咤して必要な事務を片付けさせた。布告の内容は、これも部下の書記官たちに命じて二度、確認させた。

内容にも手順にも、そして布告の先にも手違いはないはずだった。だが、何が起きたのか把握できていない点では、式部卿も法務卿と同様だった。

ひとまず何か言わねば、と式部卿は口を開いた。

侯爵家王都邸の接収が失敗に終わったこと自体はやむを得ないとして、その失敗を己の責任とされることだけは避けなければならない。

「さようなことはございませぬ。王都の各市門、王城の城門、商館、それに聖レイニア聖堂ほか主だった教会と広場――通例のとおり、日の出から各所への掲示をもって正式に布告を行っております。また、各所領への布告についても早馬を出しております」

己と己の部下が担当する部分について、手違いがなかったことを並べ立て、これは自分の責任ではないのだ、と強調する。

「わ、わが部下どもも日の出と同時に侯爵家王都邸へ踏み込もうといたしましたところ――」

法務卿も、考えているのは似たようなことであったらしい。

事前の取り決めどおりにやっていたのだ、と法務卿が言い募ろうとしたところを、王太子がうるさそうに手を振って遮った。

「教会が既に入っておった、ということか。連中は一体、何と言っておるのだ？」

「は、それが――わけのわからぬことを。ここは『アリアレイン記念王都修道院』であるゆえ許可なき立ち入りは許されぬ、とかなんとか」

法務卿が発した言葉に王太子の顔が歪む。

「――どういうことなのだ？」

更に苛立った声音と表情。

この状況で、己が追放した令嬢の名を聞くとは思っていなかったのだろう。

もっとも、集まった重臣一同にしても、意外、という点では王太子と同様だった。

お互いに顔を見合わせ、首を傾げるばかりだ。

「――あ」

同席していたノール伯爵ルドヴィーコ・フォスカールには、思い当たるところがあった。

「どうした、ノール伯」

「殿下、かの追放者は、教会に屋敷を寄進したのではございますまいか」

追放された者は人としての権利すべてを剝奪される。物の所有や取引から生命身体の自由に至るまで、すべてを。追放を境に、物の売り買いはできなくなり、売掛や買掛は『なかったこと』になり、追放者から何を奪っても罪に問われない。追放者が傷付こうが殺されようが法は追放者を保護せず、加害者を罰しない。

追放を境に、であるから、当然のことながら、追放以前であれば取引は可能だ。

そして寄進は一種の取引と言える。

「3日前、当家の者が、聖レイニア聖堂でかの追放者を見かけております。わたくしめはそれを、遁世の準備と考えましたが――」

そうでなかったとしたら。

――話が合わない。あの令嬢が理由もなくそんなことをするはずがない。

あのとき自分は、そう考えたのではなかったか。

今のこの状況こそが、あの令嬢がわざわざ聖堂に出向いた理由、ということだったのではないか。

「わざわざ寄進の談判に出向いたとでも言うのか。馬鹿な。そんなことをして侯爵家とあれに何の利があるというのだ」

「……我らの手に渡さぬため、としか」

「単なる嫌がらせではないか、それでは」

いまいましい、と王太子が吐き捨てる。

それ自体が相当の財産である王都の屋敷を、ただ王室に接収させないためだけに教会へ寄進するなど、想定の外にあるやり口だった。

「強いて挙げるならば、教会への貸し、というところかと」

ルドヴィーコが付け加える。

値を付ければ相当なものになるであろう家屋敷も、数日で売れるようなものではない。

代金にしてもぽんと出せるものではないから、普通ならば年賦になる。追放される侯爵令嬢には、それでは意味がない。

であれば、教会へ渡してしまい、何らかの見返りを受け取るか貸しを作るか。

理屈で言えばそうなる。

「待て待て、ノール伯、そなたの家臣が聖堂であれを見かけたというのは3日前であろう?」

「はい、殿下、さようでございます」

「追放を言い渡した翌日の昼だぞ。たかだか17の小娘が、1日も経たずにそこまでできるものか?」

「実行するとなれば胆力も決断力も行動力も、よほどのものが必要ではございましょう。しかし、事実を見る限りはそのようにしか」

ぐぬう、と呻くような声を上げて王太子が腕を組む。

目的や経緯がどれだけ信仰とかけ離れていようとも、ひとたび教会に寄進されてしまった財産を、王太子が取り上げることはできない。

いかに王太子と言えど、教会と正面切って事を構えるのは容易なことではないからだった。

王太子が教会と事を構えてしまえば、それはもはや王太子個人だけの話でなく、王室そのものが教会の権威に背いたと見なされる。そして、そのことへの報復は王国全体に波及する。戴冠式や婚儀、葬儀などの式典をはじめとして、教会が関わる儀式は枚挙に暇がない。

それらから手を引かれてしまえば、戴冠した王も結婚した新たな夫婦も、神からの祝福を得ることができない。そもそも司式は儀式を主催する者の身分に見合った地位の聖職者というのが通例だから、滞りなく儀式を進めること自体が不可能になってしまう。

教会にとって、世俗のものとして行われた判断にはそうたやすく口を挟めないのと同様に、王室の側からも、教会に手出しをできない理由があるのだった。

王太子がひとつ息をつき、組んでいた腕をほどいてさっと振る。

「――もうよい、屋敷の件はやむを得ぬ。所詮、追い詰められたあれの悪あがきに過ぎん。法務卿、確認しておけ。寄進の証拠がなければ、そこから覆す」

「は、そのようにいたします」

王太子と法務卿のやり取りを傍で聞きながら、ルドヴィーコは、あの令嬢ならば、と考えていた。書面まできっちりと作り上げているだろう。簡単に調べただけでわかる隙などあるはずがない。

一通りの話が済み、気まずい沈黙が落ちた部屋に、侍従が入ってきた。

ルドヴィーコのそばに寄り、二言三言と耳打ちをする。

なぜ自分に、と口に出しかけて、ルドヴィーコは理解した。

内大臣就任は公表こそされていないものの、宮中では既定の事実として共有されている。つまり、ルドヴィーコは既に、王太子の側近として扱われているのだった。

気が付くと、室内の全員が――王太子を含めた全員が、自分に注目していた。

何とも言えない居心地の悪さを感じながら、ルドヴィーコは王太子のもとへ歩み寄る。

「殿下、近衛騎士団長がお目通りを、と。マレス騎士館の件とのことでございます」

「また何か――まあよい」

低い声で告げたルドヴィーコに、一瞬顔をしかめた王太子が頷く。

「通せ」

ルドヴィーコが侍従に命じると、侍従は一礼して引き下がった。

ややあって、近衛騎士団長の入室を告げる声が響いた。

扉が開かれ、略装の近衛騎士団長が姿を現し、王太子の前まで進み出るとうやうやしくひざまずいた。

「殿下におかれましては――」

「仰々しい挨拶はよい。そなたはマレス騎士館の接収に出向いたのであったな」

「はい、殿下、仰せのとおりでございます」

「また人手にでも渡っていたか、それともマレスの騎士どもが立て籠もってでもいたか？」

「いいえ、殿下、騎士館はもぬけの殻でございました。扉を破ったほかは、滞りなく接収してございます」

ふむ、と王太子が頷く。

「さすがに騎士館までは手が回らなかったと見えるな。――して、騎士団長、そなたの報告はそれだけか？」

接収に出向き、それが首尾よく済んだというだけの話であれば、近衛騎士団長のような重職にある者が報告に来る必要はない。何らかの不首尾があったからこそ、と考えるのが常識的な線ではあった。

「はい、殿下、騎士館の広間にこれが残されておりました」

騎士団長が捧げ持つように、両手で一振りの短剣を差し出した。

柄にも鞘にも、華美な装飾が施されている。

「——それは」

短剣を目にした式部卿が、思わず、という態で声を上げた。

「陛下御下賜の短剣ではないか」

騎士に叙任された者は、みな国王から短剣を受け取る。

王都で最高の鍛冶師によって鍛えられ、王室お抱えの細工師によって装飾を施されたそれは、騎士たる身分の証であり、誇りそのものと言えた。

であるから、騎士はいついかなるときでもその短剣を隅々まで磨き上げ、肌身離さず持ち歩く。死んだあとですら離すことはない——葬儀の際には棺に入れられ、遺体の胸の上に置かれるのが通例である。

それが騎士館の広間に置かれていた、ということは。

「その一振りだけか？」

険しい表情になった王太子が問う。

「いいえ、殿下、26ございました——マレス騎士館に滞在していた騎士の人数と同数でございます」

「——どういう、ことなのだ？」

王太子の言葉は内に押し込めた怒りを示すかのようにくぐもっている。

「畏れながら、殿下、わたくしめには、ひとつの理由しか思い当たりませぬ」

答えるルドヴィーコの声に震えが混じる。

「言ってみよ、ノール伯」

「マレス騎士の全員が騎士館を離れ、いまだ戻っておらぬこと、そして置き捨てられた短剣を考え合わせますれば――」

このようなことを口に出したくはない。

口にするのも恐ろしい。ルドヴィーコは心の底からそう思った。

その意に反して、ルドヴィーコの舌は言葉を続ける。

「陛下との主従関係を解消したいとの意思表示――つまりこれは、マレス騎士たちの謀叛かと」

王太子が、すさまじい形相で差し出された短剣を睨みつけていた。

全員が固唾を飲んで見守る中、王太子は騎士団長の手から短剣を取り上げ、息を大きく吸い、そして吐いた。

ひざまずいたままの騎士団長の肩を叩き、立ち上がらせる。

「ご苦労であった。そなたは下がってよい――ああ、騎士館に戻ったならば、いつでも出られるよう支度しておけ。そなたの部下たちもな」

は、と答えた近衛騎士団長が、騎士の礼を取って退出した。

「軍務卿を呼べ。今すぐにだ」

重臣たちと侍従が残った部屋に、王太子の声はむしろ平板に響いた。

「――あの不忠者どもに、思い知らせてやらねばならぬ」

伯爵令嬢クラウディアの確信

場に満ちていたさざめきが、ほんの一瞬、さっと引いた。

それは本当に一瞬のことで、またすぐに元通りになりはしたけれども、ノール伯爵令嬢クラウディア・フォスカールは、自分に向けられる視線を意識せずにはいられなかった。

少々の居心地の悪さを感じながら、この場へ――貴族の令嬢たちが集うお茶会の場へ、招いてくれた伯爵令嬢のもとへ、挨拶に向かう。嫉妬と羨望と好奇心が入り混じった視線は、その間も遠慮なくクラウディアに注がれていた。

「彼女が殿下の――？」

「ほら、ついこのあいだの――」

「ノール伯爵のところの――」

「あのパーティの――？」

「一体どうやって――？」

「あの侯爵の御令嬢よりも――」

さざめきの中に溶け込むひとつひとつの言葉を無意識に拾ってしまいながら、クラウディアは努力して表情を変えずに、自分を招待した伯爵令嬢のテーブルまでを歩いた。

「ごきげんよう。お招きくださり、ありがとうございます、ソフィア様」

「ごきげんよう。おいでくださり、嬉しく思います、クラウディア様。――そちらが空いておりましてよ」

ソフィアと呼ばれた伯爵令嬢――レンダール伯爵令嬢が、同じテーブルの空いている席を手で示す。

テーブルにはレンダール伯爵令嬢のほかに、同格の伯爵令嬢がもうふたり。普段はこの３人でテーブルを囲んでいて、クラウディアは近くの別のテーブル、というのが通例だった。よく見ればテーブルも普段のそれより大きい。

椅子をひとつ余分に置くために、わざわざ大きなものを選んだに違いなかった。

――それはそうよね。

好意的に解釈すれば、自分でどこの席を選んでも角が立ちそうなクラウディアに、主人役のご指名だから、という逃げ道を作ってくれた、ということでもある。

無論それは、当人たちの好奇心によるものでもあるのだろうけれども。

「ありがとうございます、ソフィア様。お言葉に甘えさせていただきますわ」

にこりと笑みを浮かべて礼を述べ、クラウディアは勧められた席につく。

ほどなく紅茶が運ばれてきた。

紅茶と菓子を楽しみながら、いくつか当たり障りのない話題が続いた。

庭の季節の花の話、最近流行の抒情詩とその作者の詩人のこと、売れ始めたという楽団のこと。

クラウディアは出しゃばりすぎないように注意を払いながら、話を合わせる。

当然、主人役のレンダール伯爵令嬢をそれとなく引き立てることも忘れない。

相手が語りたいことを気分よく語れるように深いところまでは踏み込まず、それでいて「あなたの仰ることは私も理解していますよ」ということが伝わるように言葉を選ぶ。

父から教わったことであり、王太子を相手に実践していたことでもあった。

『自分が気分よく話せたと思うときはね、クラウディア』

幾年か前、まだ社交の場へ出るか出ないかという頃、屋敷の談話室で気分よく話をしたあとで、父であるノール伯爵は、穏やかな笑顔を浮かべて言った。

『だいたい、相手にうまく踊らされているのだよ。おまえも話し相手を踊らせられるようになるといい。社交の場に出るのならば、大事なことだ』

そのときはそんなものかな、という程度に流したけれど、お茶会やパーティに招かれるようになり、いろいろな相手と会話を交わすようになるにつれ、父が言っていたことは正しかった、と理解できるようになった。

自分からあまりあれこれを話すことなく、相手の話したいことを探り、それに共感と理解を示しながら、相手の話を引き出す。それだけでクラウディアの周囲には人が集まり、『話し上手で教養のある令嬢』という評判が立った。もちろんそれは、父から与えられ、クラウディアが努力して身に付けた知識と教養の裏打ちがあってのことではあったけれども。

そのようにしてあちこちの令嬢との繋がりを作り、様々な相手に好意的に紹介されて、クラウディアは己の周囲の人の輪を広げていった。行き着いた先が王太子のところ、というのは自分でも少々意外ではあったたし、王太子の婚約者の椅子に座ることになったのはいくつもの偶然が重なった結果でもあった。

「——あの」

会話が一段落して、皆がティーカップに手を伸ばしたとき、おずおずと近付いてきて声をかけたふたりの令嬢を見て、クラウディアはため息をつきたい気分になった。

「先日は、ありがとうございました」

——何もかも秘密、と言ったはずなのに。

追放を宣告された侯爵令嬢の『被害』に遭った令嬢は3人。ひとりは未だに家から出ることができず、ひとり分はクラウディアがその役割を肩代わりした。ふたりで出てきてしまっては数が合わなくなる。礼を言われたクラウディアも声をかけた令嬢の片割れも例の一件に関わっていると知れているのだから、ふたり揃って礼など言われれば、察しのよい令嬢には何かしらがあったのだと感付かれてしまうかもしれない。

礼ならばほかに人のいないところで声をかけるなり、手紙をしたためるなり、いろいろやり方はあったはずだった。主人役と同じテーブルについていて、それでなくとも注目されている場所で、わざわざ声をかけてくるという神経が、クラウディアには理解できなかった。

——まあ、だからこそ、ああいう挙に及んだのでしょうけれど。

「お礼を言われるようなことをしたわけではありませんわ。友人として、当然のことをしたまでですもの」

　言いながら、これ以上なにも喋るなという意を込めて、礼を述べてくれた令嬢の目を、正面から視線で射抜く。

　さすがに歓迎されていないという事実に気付いたのだろう、手短に話を切り上げて場を離れるふたりを見送って、クラウディアは小さく息をついた。

「気を利かせたつもり、なのかもしれませんわよ」

　レンダール伯爵令嬢が小さく笑って言う。

　何とはなしに事情を察した上での言葉に違いなかった。

「――そうかもしれませんわね」

　だとしても困ったものです、と目だけで付け加えて、クラウディアは頷く。

「ところで、クラウディア様、殿下のご婚約者ともなればお忙しいのでは？　こういった場にまたお呼びしても、差し支えはございませんか？」

「もちろんです、ソフィア様。是非またご招待を。殿下もきっとお許しくださいますわ」

　レンダール伯爵令嬢の問いに、クラウディアは笑顔で応じる。

「ご迷惑でなければ、こちらからもお誘いさせてくださいませね」

「まあ、ありがとうございます、クラウディア様」

　笑顔のやり取りはつまり、お互いに、これからも変わらずお付き合いくださいね、という話だった。

立場が変わったとしても、相手の態度が変わらないのなら、自分の態度も変える必要はない、とクラウディアは思っている。逆に、王太子との仲が噂になるや近付いてきて面倒だけを持ち込むような手合いとは、付き合い方を考えなければいけない。

ただ、深い付き合いは改めるにせよ、ばっさりと切って捨てるというわけにもいかない。王太子の婚約者に収まった途端に態度を変えた、という評判でも立ってしまっては困る。そのあたりの匙加減には、どれだけ気を遣っても気を遣いすぎるということはない。

——あの侯爵令嬢は、そのあたりをどのように考えていたのかしら?

ふとそう思い、クラウディアはそう思った自分を嘲るように小さく笑った。

自分が望んで追い落とした相手が何を考えていたのか、今更知りたくなる自分を、クラウディアは身勝手で浅ましいと思っている。

背後に広がるさざめきの中から、いくつもの声を、クラウディアの耳は拾い上げる。

「わたくし、あの目が恐ろしくて——」

「つめたいお顔でいらしたわ」

「たいへんに聡明でいらっしゃったけれど——」

「何を考えていらっしゃるのか、わからなくて」

「でも、あんなことをなさるなんて」

「やはり恐ろしい方でいらしたのね」

あちこちの令嬢がそれぞれの好きにあの侯爵令嬢を評し、先日の一件の感想を述べている。

評判の大半は悪意のもので、だから代わりに王太子の婚約者の椅子に座ろうとしているクラウディアはおおむね好意的に評されているのだろう。クラウディアはそれを素直に喜ぶことなどできなかった。

評判が悪いから追い落とされたのではない。

追い落とされたから評判が悪くなっている。

自分がどこかで道を踏み誤れば、次にこうやって評されるのはクラウディア自身になるだろう。それもおそらく、クラウディアのいない場所で。

——たとえそうであったとしても。

後悔はない。

クラウディアは自分の選んだ道を、間違っていたとは思っていない。

背後の雑音から意識を離して、クラウディアは同じテーブルを囲む令嬢たちとの会話に戻っていった。

走り出した馬車の座席に身体をもたせかけて、クラウディアは目を閉じ、大きく息をついた。

何ひとつ誤ることの許されない重圧。

挙措ひとつ、言葉ひとつ、表情のひとつであっても。

自分に近付こうとしながら、隙あらば引き落とそうとする令嬢たち。

落としたあとにどう扱われることになるのかも、彼女たちは実演して見せてくれた。

ただのお茶会だったというのに、そういった諸々が、クラウディアを疲弊させていた。

アリアレインは、あの侯爵令嬢は、今日のようなお茶会にもそれなりに顔を出していて、でも基本的に最後までいるということはなく、失礼のないあたりで中座するのが通例だった。

いつもそつなく周囲の令嬢たちに対応し、控えていた従士の耳打ちをしおに言い訳を述べて中座する。

『申し訳ありませんが、公務がございますので――』

たしか彼女は、いつもそう言っていた。

つめたい顔。そうだったかもしれない。

あまり表情を変えることもなく、時折小さく笑いはしても、その目はけっして笑わない。

クラウディアは、あの侯爵令嬢の目を、灰色の瞳を持つ切れ長の目を、もう一度思い出していた。

何もかもを見透かすような、美しく静かで、底の見えない、冷たい目。

自分が聞いていたような噂話を直接に、そしてたぶん配下たちに調べさせて耳にしながら、それを知っているということすら表には出さず、挙措も言葉遣いも完璧で、そして表情ひとつ動かすことがない。

自分と同じように疲労していたのかどうかすら定かではなかった。

そして公務。そう、彼女はたしかに公務と言っていた。

彼女はあの歳で、クラウディア自身と変わらない年頃で、マレス侯爵の――王国にただふたつしかない侯爵領の主の、王都における名代でもあった。侯爵令嬢としての社交を大きな失点なくこなしながら、侯爵の名代としての公務を執るということがどういうことなのか、クラウディアにははっきりとした想像ができずにいる。

だが、それが恐るべき重圧と重責を伴うもので、凄まじい激務であろうことは推測できる。

背筋を這い上がる震えを抑えようとするかのように、クラウディアは己の身体を己の腕で抱いた。

――怪物だ。

震えながら、クラウディアははっきりとそう思った。

王太子の婚約者としての重圧と、マレス侯爵家の名代としての重責。そのふたつに耐えながら、耐えているということすら悟らせず、いつも変わらない態度と表情でいつづけることができるなど、並の人間に為しうることとは思えなかった。

そして同時に、その能力とあの苛烈な行動を厭わない性格をひとつの身体に同居させるあの侯爵令嬢を、やはり将来の王妃の座に就けてはならなかった、という確信を新たにしてもいた。

いずれにしても、とクラウディアは、幾分震えの収まってきた己の身体を抱いて、馬車の椅子に身体を縮めながら考える。

――もう矢は放たれている。否、放ってしまった。自分と王太子とが、放ってしまった。

クラウディアは深く息をついて、馬車の天井を見上げた。

懊悩していた父の――ノール伯爵の気持ちを、少しだけ理解できた気がした。

「マレス侯爵令嬢、ハーゼン様。殿下がお会いになられます」

案内役の侍従の声が控えの間に響いた。

アリアレインがちらりとアーヴェイルと視線を交わし、立ち上がって一礼する。

こちらへ、と先導する案内役に従って控えの間を出た。

長い廊下を案内されながら、アリアレインはちょっとした安堵感を覚えている。

婚約者との――王太子とのふたりでの会合ははじめてのことだったが、会合に出向いたのは、実は今回がはじめてではない。

半月前に一度、先ほどまでいた控えの間で、急遽会えなくなったと侍従に告げられた。１週間前には当日の朝、やはり急遽会うことができなくなった、という使いが王都邸に来た。

王太子は王太子であると同時に、この国の摂政でもある。王の代行者なのだから、王太子は多忙だった。予定にない用件が入ることがあったとしても、それはもうやむを得ないのだ、とアリアレインは自分に言い聞かせていた。

とはいえ、初回からそれが二度も続いてしまえば不安を感じてしまうところではある。三度目はさすがになかった、というのが、アリアレインの安堵の理由だった。

廊下で行き合う王室の使用人たちは、いちいち道を開けてアリアレインに丁寧な礼をしてくれる。婚約者としてのお披露目は半月と少々前に済んでいる。だから使用人たちの態度は、当然と言えば当然ではあった。それでも、改めて王城でそのような扱いをされると、自分の立場というものが実感できる。

多くの人にかしずかれるということは、多くの人に見られ、そして期待されるということだ。

マレス侯爵の令嬢としてならば見過ごされ、忘れられるようなちょっとした過誤や躓き（つまずき）も、王太子の婚約者であれば見過ごされるはずもなく、あちこちで尾ひれが付くに違いない。

お披露目と前後するように、王都邸への訪問客は急増している。

訪問客たちはもちろん味方ではあるのだが、要は侯爵家を通じて王室との接触を図りたい、もう少し遠慮を取り払った表現で言えばおこぼれにあずかりたいというところが本音なのだろう。

そのような者たちは、彼らが侯爵家と自分を利用できるうちは味方であっても、立場が変われば容易に敵に変わりうる。

接近してくる訪問客たちを、アリアレインはそのように見ていた。

であるからこそ期待を裏切るようなことがあってはならないと、アリアレインは考えていた。

そして、自分であればそれが可能だ、とも思っている。

そのためにこそ、父侯爵は自分に十分な教育を施し、自分もそれに応えるべく様々なことを学んできたのだから。

長い廊下を通り過ぎた先、王族のための一画に設けられた、王族の私的な客人を招くための応接室の前で案内役の侍従は立ち止まった。

ノックした侍従が声を張る。

「マレス侯爵令嬢、アリアレイン・ハーゼン様をご案内いたしました」

「よい、入れ」

厚い扉の向こうから、王太子の声が応じた。

振り返ってアリアレインに目礼した侍従が扉に手を掛ける。

音もなく開いた扉の手前で、アリアレインは室内に向けて一礼した。

「お招きいただきありがとうございます、殿下」

「ああ」

出迎えた王太子が言葉少なに応じ、こちらへ、とソファを手で示した。

「二度もすまなかった、ハーゼン嬢」

「いいえ、殿下、お忙しいことはわたしも存じております」

答えたアリアレインに、王太子が小さく苦笑した。

まあ座ってくれ、とソファを勧めた王太子が侍従のひとりに頷く。

会釈して腰を下ろすと、すぐに侍女が紅茶と焼き菓子を運んできた。

テーブルに置かれた彩磁の茶器から、湯気とともに新鮮な果物のような香気が立ちのぼる。

「遠慮は無用だ、ハーゼン嬢」

そう言ってアリアレインに促し、自分でもカップを持ち上げて口をつける。

「ありがとうございます、殿下」

紅茶や菓子よりも気になるところはあったが、婚約者の勧めとあればそう答えないわけにいかない。

一口だけ口をつけると、鮮烈な香りと特徴的な渋みが感じられた。

「南方ものでございますか」

「わかるか。春摘みだ」

「父が幾度か飲ませてくれました。殿下とお会いする折にはこういったものも必要だから、と」

そうか、と答えて、王太子が小さく笑った。

その表情に、濃い疲労の影がある。

「僭越ながら、殿下」

焼き菓子に伸ばした手を止めて、王太子が視線を上げた。

「お疲れなのではございませんか」

「――そなたにも、わかってしまうのだな」

ため息とともに、王太子が吐き出した。

誰がどう見てもわかる状況ではあった。

王が倒れてからおおよそひと月。

急な病と言われてはいるが、王の病状を詳しく知る者はいない。

毒なのでは、あるいは呪いなのではと言う者もおり、街では、誰がなぜ毒や呪いをもって大逆を働いたのか、という噂があちこちで囁かれているという。笑止かつ迷惑なことに、ハーゼン家の娘が——つまりはアリアレイン自身が一服盛ったのだ、という噂まで流れていた。

噂は措くとしても、王が倒れたのだから、国政は王に代わって誰かが切り回さねばならない。

成人してまだ数年の若い王太子以外に、その資格を持つ者はいなかった。

「陛下のお加減は、いかがなのでしょう」

尋ねたアリアレインに、王太子は硬い表情で首を振った。

「すまぬがハーゼン嬢、そなたにも教えられないことはある」

「気の利かぬことを申しました」

頭を下げてアリアレインが詫びる。

病状がけっして軽くはない、ということは嫌でも察せられてしまった。

「よい。だが、いろいろとあるのだ。いろいろと」

王が、すなわちこの国の最高権力者が倒れたとあれば、それはもういろいろなことがあるに違いない。

そのことが王太子を憔悴させているのだ、ということはアリアレインにも理解できる。

「殿下もお休みくださらなければ、お身体に障ります」

「廷臣たちにも言われるがな」

渋面になった王太子が応じる。

立場が立場でもあるから、王太子でなければならない役目、というのも多いのだろう。

「差し出がましいことながら、殿下、わたしにできることがあれば、何なりとお申し付けくださいませ。父からも、殿下をしかとお支えせよと言われております」

アリアレインはそう言って頭を下げた。

だからアリアレインは、そのときの王太子の表情の変化を見ることができなかった。

今まで見せていた疲労と苦悩がすとんと抜け落ち、表情が消える瞬間を、見ることができなかった。

「よい」

平板で冷たい発音に、アリアレインはわずかな違和感を抱く。

顔を上げたアリアレインに、王太子は表情の削げ落ちた顔のまま、口許だけで笑った。

「婚約者であるそなたに、心配をさせるようなことはないのだ、何も」

出過ぎたことを申しました、と詫びてもう一度頭を下げながら、あの違和感は何だったのか、そしてあの表情はなぜなのか、とアリアレインは考えていた。

「侯爵令嬢は、お帰りになられましたか、殿下？」

柔和な笑顔で、内務卿が言った。

先ほどまでアリアレインが招かれていた応接室にほど近い、小さな談話室。

王太子と内務卿のほかに、財務卿と式部卿が席に座っている。

「ああ、つい先ほどな」

「いかがでございましたか？」

余裕のある笑みを浮かべながら、財務卿が尋ねる。

「そなたたちの言うとおりであった。陛下の病状、余への心配、そして援助の申し出。すべて――すべてを口にした」

王太子の表情は硬いままだ。

「さようでございましょう」

笑顔で頷いたのは内務卿だ。

内務卿と財務卿は、隠然と、しかし事あるごとに、宮廷で角を突き合わせている。

諸卿と呼ばれる各省の長たちは、どの権益を誰がどのように確保するか、という綱引きを、もう幾年も続けているのだと父王は言っていた。

「先代マレス侯爵の忠節は混じりけのないものでございましたが、当代侯爵は随分なやり手とか」

「まさか陛下の御病気に関わってはおられますまいが」

式部卿と財務卿が口々に言う。

「滅多なことを申されるものではございませんぞ、方々」

かすかな笑いを含んだ声で、内務卿が窘める。

「もうよい」

苛立ちの籠もった発音で、王太子が重臣たちの会話を遮った。

「マレス侯の思惑は見えた。あの娘がこの先何を言い出すかは知らぬが、額面どおりに受け取るわけにはいかぬ、ということだ」

3人の重臣たちが、揃って頭を下げる。

「まさしく仰せのとおりにございます、殿下」

顔を上げた式部卿が答えた。

式部卿も無論、宮廷内の権勢争いと無縁ではない。内務卿と財務卿、どちらにどのような貸しを作るか、ということを考えているに違いなかった。

「今でさえマレス侯爵家は東方の要として揺るぎなく地歩を固めております。そして陛下のお決めになられたご婚約。この上、宮廷のあれこれにまで口を差し挟む、となれば」

「さよう、マレス侯爵が有能であられることは誰もが認めましょうが」

内務卿と財務卿が口々に言う。

「均衡を崩す振る舞い、か」

重い息をついて、王太子が呟いた。

「利発な娘であると聞く。マレス侯自慢の娘だと」

「さようでございましょう。わたくしどもも、かの令嬢の資質を疑うところではございませぬ」

財務卿が応じる。

「されど――いや、さればこそ、でございます。マレス侯爵が」

言葉を切った内務卿が、笑わない目で、王太子と視線を合わせた。

「足掛かり、か」

「心中、お察しいたします。されど――」

呟くように口にした王太子の言葉に、式部卿が頷いて畳みかけた。

「わかっておる。陛下もいまだ政務を執ることがかなわぬ以上」

「かの令嬢を、うかうかと信用されてはなりませぬぞ」

財務卿が重々しく告げ、内務卿と式部卿がそれに頷く。

「――わかっておる」

目を閉じて、王太子は繰り返した。

灰色の瞳を持つ、切れ長の目が思い出される。

利発そうな、しかし感情の読み取れない目ではあった。

――あの声音までが、演技だったというのか？

疲れているのではないかと言い、身体に障ると気遣った声までが、自分に取り入るための偽りだとは思いたくなかった。

――だが、いずれにしても同じことなのだ。

あの令嬢がマレス侯の娘であり、手先でありうる以上は。

個人として信を置くことができようとできまいと、王太子として全面的に信じることはできない。

下がってよい、と手振りで３人の重臣に伝え、王太子はもう一度、深いため息をついた。

アリアレインは王太子の婚約者だが、同時にマレス侯爵家の王都における名代でもある。

それはつまり、王都での他家との付き合いも自分でこなさねばならない、ということでもあった。

そのようなわけで、アリアレインはその日、十数人の貴族を王都邸に招いて昼食会を開いていた。

特別な目的があるわけでもなく、王国東部に領地を持ち、王都に出てきている貴族の顔合わせ、という程度の食事会だ。客はおおむね子爵か男爵、ほかに騎士や教会関係者が幾人か。当主本人でなく王都に送った名代が出席している、という家もある。

おおよそどの家の領地もマレス侯爵領の周辺に位置していたから、マレスでも同じような社交の場は定期的に設けられていた。アリアレインは、幼い頃から父侯爵によってそのような場への陪席を許されていて、今日の出席者の大半と面識があった。

アリアレインにとってのささやかな問題は、彼らがおおむねアリアレインの少女時代を、あるいは幼女時代を知っていることだった。相好を崩して「おお、あのお嬢様がご立派になられましたな」とでも言われてしまえば、曖昧に笑って、おかげさまで、と頷くくらいしかできることはない。

なにしろ、彼らの大半が父侯爵と同年代とあっては、娘扱いもやむを得ないところなのだった。

「そういえば」

会も終わり近くなり、全員に紅茶が供されたあたりで、末席近くに座っていた男爵がふと、新たな話題を口にした。

「このところ、執政府では何が起きておるのですかな。例年ならば届くはずの指示や照会が遅れて届くことが多いのですよ」

「陛下の御不例のためでは、ないのですか」

病で倒れた王と、急遽摂政に就任した王太子。執政府への影響も小さくはないだろう、と思いながら、アリアレインが問い返す。

「あなたのところもですか。いや、ここ半月ひと月のことではないのです。たしかにここ最近は甚だしいものがありますが」

「そのくせ、期限は例年と変わらぬときている」

別の男爵が代わって答え、アリアレインに近い場所に座る子爵家の名代が肩をすくめながら付け加えた。

「父もそのようにこぼしてはおりましたが」

たしかにマレスで父もそのような話をしてはいた。

その気になればマレスと王都の間に早馬を飛ばさせることもできるから、そこまで大きな影響が出てはいなかったのだろう。

だが、ここに集まる小領主たちにも、父侯爵と同じような手が打てるわけではない。

――誰かが、あるいは何かが執政府の職務を滞らせているとして。

アリアレインは考える。

今の殿下に、それに気付いて対処するだけの余裕はあるだろうか。

わたしにも伝えられない陛下の御病状を抱え、唐突に両肩に乗ってしまった国を支える殿下が、執政府で起きている何かに、気付いて対処する余地があるだろうか。

――ありはしないし、あったとしても求めてはならない。

王城で顔を合わせたときの、憔悴した王太子の表情が思い出された。

あれだけお疲れの殿下のところに、正体も知れないままの新たな問題など持ち込むべきではない。

だが、なにか問題が起きていることもまた事実ではあった。

今できることは何もありません、と突き放してしまえば、それは父侯爵が築いてきた声望を傷付けることになる。

小さく息をついて、アリアレインは笑みの形に口角を上げた。

「――わかりました。少々調べてみましょう。殿下のところへお話をしに上がるのはそのあとになりますが」

おお、と同席者たちから声が上がる。

持ち上がっている問題について、ともかく早く動いてもらうように越したことはない、ということなのだろう。

実際問題として、執政府の職務が滞っているのならば、誰かがその皺寄せを受けているはずなのだ。

今回はたまたま貴族たちのところでそれが出たからアリアレインの耳に入った、という話で、これを放置すれば、遠からず領民たちがその煽りを受けることになる。

いずれ殿下の妻となり、この国の妃となるからには、そういったものを無視するわけにはいかない。

アリアレインはそのように考えたのだった。

「ひどいものでした」

あの昼食会から1週間ほど経ったある日の夕刻。王都邸で働く祐筆のひとりは、アリアレインが執務室として使っている書斎で、ため息とともに吐き出した。

「あなたがそう言うのなら、相当のものなのでしょうね」

座って、と手で椅子を示しながら、アリアレインが応じる。

では失礼を、と答えて、祐筆が腰を下ろした。

傍らでその様子を見ていたアーヴェイルが、控えていた侍女に、ふたり分の紅茶を持ってくるように伝える。

「ありがとう、アーヴェイル。でもひとり分足りないわ。あなたも座って一緒に聞いて」

にこりと笑ったアリアレインが口を挟む。

ではそのように、と答えたアーヴェイルが、アリアレインの近くの席を選んで腰を落ち着けた。

「実際のところ、執政府はどうなの？」

侍女が出ていくのを待って、アリアレインが改めて尋ねる。

執政府にちょっとした用事を作り、それを口実にして、祐筆に訪ねさせたのだった。

「ひどいものです」

問われた祐筆がもう一度繰り返す。

「本来、もうとうに破綻していておかしくはない。それを書記官たちの尽力でどうにか保たせている。そういう状況でした。ここふた月以上、そういった状態だ、と」

なるほどね、とアリアレインは頷いた。

先日の昼食会で聞いた話は、あながち誇張とも言えないようだ。

「それは――手を打つ必要がありそうね。諸卿は何をしているの？」

「何も。おそらく興味がないのです」

「どういうこと？」

「省として最低限の職務が果たされないようであれば、それは諸卿の責任になります。そうなればさすがに、というところでしょうが」

「破綻しないうちは、それを誰がどういうふうに維持しているか、というところを気にしないのね」

「はい。おおむね省にかかわらず、そういった評判でした」

祐筆の言葉に、アリアレインはため息で答えた。

およそ人の上に立つ者の態度ではない、とアリアレインは考えている。

控え目なノックとともに、退出していた侍女が戻ってきた。

席についている3人に茶を供し、一礼して書斎を出てゆく。

話し合いが行われているときの、それが暗黙のルールだった。

「いちばん状況がひどいのはどこの省？」

カップから一口を飲んだアリアレインが尋ねる。

「農部省、商部省、工部省の順でしょうか。あくまでも、見たところと噂話の範囲で、ですが」

祐筆の返答に、それで十分よ、とアリアレインが頷く。

「何とかしたいわね」

諸卿は興味がない。

王太子はおそらく、気付くだけの余裕がない。

そしてアリアレイン自身には、問題を直接何とかするだけの権限がない。

「アーヴェイル、何かある？」

補佐役の視線が自分に向けられていることに気付いて、アリアレインが尋ねた。

「はい。まずは執政府の視察を――いえ、視察をしたい旨をお伝えなさってはいかがかと」

「――悪くなさそうね。わたしが執政府の状況に興味を持っていると伝えれば、ということ？」

「はい。それが諸卿に伝われれば、彼らとて執政府の現況に興味を持たぬわけにはいきますまい」

迂遠(うえん)にも思えるが、王太子の婚約者としての立場をうまく使える方法でもある。

「いちばん状況が悪いのが農部省だったかしら？　では、農部卿ね。他は、農部卿の反応を見てからにしましょう。視察の申し入れをお願い。日取りは1週間以内であちらに任せる、特段の準備は必要ない、と」

承りました、と祐筆が頷いた。

「内容の下案ができたらアーヴェイルに渡しておいて。アーヴェイル、下案の確認をお願い」

はい、とアーヴェイルが簡潔に応じる。

「届けるのは明日の朝でいいから、そこまで急ぐ必要はないけれど」

「四半刻で下案をお出しします」

応じた祐筆に、アリアレインは微笑んで頷いた。

「ありがとう、それなら夕食前に片が付きそうね」

農部卿から訪問の話があったのは、翌日の昼頃だった。
その日のうちに、どうしても王都邸を訪問したいのだという。
アリアレインは夕方の予定を空けて待つ、と応じた。

ありがとうございます、と一礼した使者――おそらく書記官であろう使者は、早々に王都邸を立ち去った。

その日の夕刻、農部卿は予告のとおり王都邸を訪れた。

「さようなことは前例がございませぬが」

書斎に案内してお互いソファに腰を落ち着け、アリアレインから改めて説明を受けると、農部卿の表情が不満に満ちたものに変わった。

「難しく考えるようなお話でもないと思うのですけれども。殿下や陛下が御視察なさることもおありでしょう？」

「それはもう、無論。しかし――」

「出した手紙にも書きましたが、特段の準備は不要です。皆様、お忙しいのでしょう？」

「そうは仰いますがな」

「農部卿閣下、わたしはあなたやあなたの部下の方々の仕事ぶりを云々したいわけではないのです。あなたがたがそうであるように、殿下をお支えしたいだけ」

「そうは仰いますが、いらっしゃるとなれば準備をせぬわけにも」

「無用です。お忙しいのは存じていますから」

「……しかし」

煮え切らない態度の農部卿に、アリアレインはひとつ息をついた。

「ご内聞に願いたいのですが、東部のいくつかの領主から、疑義が出ているのです。例年ならば届くはずのものが届かない、届いても遅れている、と」

「そ、そのようなことは」

「ええ、仰ることはわかります。領地に問題があるのかもしれませんし、公用使になにかあるのかもしれません。ただ、それを明らかにするには、わたしが見なければ。そうでなければ、彼らにも答えようがないのです」

　わかっていただけますね、とアリアレインは小首を傾げた。

「しかし、1週間以内とはあまりに急な」

「ですから、用意は要らない、と申し上げています。わたしとしても、周辺の諸領の領主たちに何がしか説明をしないわけにはいきません。どうしても、と仰るのであれば、父の名代として、マレス侯爵の名で殿下に申し入れをせざるを得ませんが」

　すこしあからさまに過ぎるかしら、と考えながら、アリアレインは告げる。

　マレス侯爵の名代であるからには、父侯爵の名で王室への取り次ぎを請い、意見や要望を述べることもできる。

　法と慣習に則っているだけに、簡単に断ることもできないはずだった。

「……承りました」

　ぎりり、と歯ぎしりする音が聞こえるような表情で農部卿が頷く。

「視察の申し入れについては、後ほど書面で閣下のもとへお届けいたします。重ねて申し上げますが、特段の準備は必要ありません――むしろ、現況ありのままを拝見したいと考えておりますので、そのような気遣いは禁じる旨、皆様によろしくお伝えください」

言いながらアリアレインが立ち上がる。

一拍遅れて農部卿も立ち上がり、一礼して退出した。

手を付けられないままテーブルの上に残された茶が、農部卿の不満を表しているようだった。

「……あの小娘が」

軋るような声で農部卿は言った。

「まあまあ、農部卿殿、そう憤慨されることもありますまい」

余裕のある笑みとともに応じたのは内務卿だ。

マレス侯爵家の王都邸を訪ねたあと、農部卿は内務卿の私邸に足を向けていた。

応接室に通され、茶菓を供されて、農部卿はその不満を――自分がいかに不当な要求をされたのかを、ひとしきりぶちまけている。

「いや閣下、これはまさしく閣下の仰ったとおりの流れでございますぞ」

王太子の婚約者であるマレス侯爵令嬢は、マレス侯爵が己の中央進出の足掛かりとして送り込んだものに違いない。そうであれば、令嬢の動きは宮中のみで済むはずもなく、放っておけば何に口を挟んでくるかわからない。

それは内務卿が、そして内務卿と事あるごとに対立している財務卿が、こればかりは一致して諸卿に警告しつづけてきたことだ。

まさしく今、内務卿たちが警告していた事態が起きている。それも自分の膝元で。

農部卿はそのように考えたのだった。

「無論、油断するわけにはまいりません。しかし我々の想定の範囲を出たわけでもない。違いますか」

茶の香りをゆっくりと楽しみながら、内務卿が確かめるように問う。

「まあ、それは、たしかに」

悠然とした態度に勢いを削がれたかのように、農部卿は頷いた。

「要は、あの令嬢の思いどおりに――つまりはマレス侯爵の思いどおりにせねばよい、ということです。何を見たがっているのか、あるいは何をしたがっているのかはわかりませぬが、肝要なのは、執政府のいかなることであれ、最後に御裁可なさるのは殿下、ということですよ」

内務卿の口が、笑みの形に曲がる。

「我々は、ひとつしかない出口を押さえておきさえすればよい。そこさえ守れていれば、あとはどこで何を見ようと、自由に遊ばせておけばよいのです。あなたも言ったではないですか」

「は」

普段、いくら笑顔を浮かべてもそこだけは笑わない目が、今はむしろ上機嫌に笑っているようにさえ見える。

自分が言ったなにを指しての言葉だろう、と訝りながら、農部卿は首を傾げた。

「所詮、小娘の考えることです」

半拍の間を置いて、農部卿の顔に笑みが広がる。

それを確かめた内務卿の笑みが大きくなった。

「たしかに、閣下、まさしく」

くく、と喉の奥で鳴った笑い声は徐々に大きくなり、ふたりは遠慮なく笑い合った。

その後四半刻ばかり、たっぷりと件の小娘をこき下ろした農部卿は、すっかり機嫌を直して内務卿の私邸を後にしたのだった。


アリアレインが執政府を訪れたのは、農部卿の来訪から4日後のことだった。

来訪の翌々日、農部卿から、視察を受け入れる旨の書状が届いた。

アリアレインの名で正式な要請文を出したのがその更に翌日。

そして今日、アリアレインはアーヴェイルを伴って、農部省の廊下を歩いている。

案内する事務官の歩く速さは、どうにも自分のことを意識しているとは思えない早足だ。

時折行き合う者たちも会釈をしてくれればよい方で、大概は急ぎ足ですれ違うだけ。

そのような態度ではあったが、アリアレインはそれを、自分が蔑ろにされているとは受け取らなかった。

ところどころ扉を開けたままで立ち話をしている書記官や事務官がいたが、その内容も口調も、活気があるというよりは殺気立っているといった風情で、つまりは周囲に目を配る余裕が、省全体から失われているのだろう、と思ったのだった。

国の重要事を決める執政府なのだから、そこでの職務には真剣に取り組んでもらわなければならない。

だが、それはそれとして、執務に当たるのは人間だ。人間なのだから相応の余裕がなければよい仕事はできない、とアリアレインは考えている。

たとえば、真剣な仕事の談義のさなかにもちょっとした冗談を言い合えて、それで一笑いして心をほぐすことができるような、そんな余裕だ。今の農部省にはそれがない。

――それを確かめられただけでも、来てよかったけれど。

それだけで満足して帰る、というわけにもいかない。農部卿との間に角を立ててまでここへ足を向けたのだから、なぜそうなっているのか、までを確かめなければ。

そうアリアレインが考えるうちに、案内役の事務官は、ある部屋の前で足を止めた。

「こちらです」

アリアレインに告げてから扉に向き直り、ノックする。開いてるよ、とぞんざいな調子で返事があった。

思わず顔をしかめた事務官に、アリアレインは小さく首を振った。構わないから開けてください、と小声で付け加える。

　恐縮しながら事務官が扉を開けると、中はさして広くもない部屋だった。10ほどの机がふたつに分けて並べられている。それとは別に、部屋の奥まったところに大きな机と、打合せ用ということなのか、その側にいくつかのソファが置かれていた。3人ほどが並んで掛けられそうなソファの上には毛布が丸められている。机のうち3つは空席になっていた。

　空席も含めて、どの机の上にも書類が積まれ、事務官と書記官はそれに埋もれるようにして仕事をしている。入口の近くの席についていた事務官が立ち上がろうとするのを、アリアレインは手振りだけでそのまま、と制した。

　ほんの数瞬の間だけ居心地悪そうに腰を浮かせていた事務官も、奥にいた書記官の視線に気付いてそのまま仕事に戻る。

　アリアレインは、一歩二歩と部屋の隅へ寄り、そこから部屋全体を観察する。随行していたアーヴェイルは、案内の事務官とともに入口のあたりに立つ形になった。

「あの、すみませんが」

　アーヴェイルが廊下を振り返ると、書類の束を両手に抱えた事務官が立っている。この上まだ積むのか、と呆れるような気分で、アーヴェイルは場所を空けた。

「ハシェック書記官、今日届いた分の報告書です」

「……そこの、空いている机の、いちばんそっち側の山だ」

　奥の机に座った書記官が、ぶっきらぼうな調子で応じる。

「そうじゃない、下だ。上に積まないでくれ。順番がおかしくなる」

言われたとおりの山の上に書類を積もうとした事務官に、書記官が注文する。

失礼しました、と詫びた事務官が、書類の山を一旦持ち上げて、その下に新たな書類を置いた。

では、と事務官が退出したのを見送って、アリアレインが口を開く。

「ほかにここで働いている方はおられないのですか」

自分が話しかけられているのだ、と知った奥の席の書記官が、ひとつため息をついてペンを止めた。視線を上げてアリアレインを見たその目には生気がない。

「おりません。これで全員です」

簡潔に過ぎる返答に、案内役の事務官がかすかに息を呑む気配がした。アーヴェイルも、傍目にわからない程度に顔をしかめる。貴族に、というよりも、王太子の婚約者に対する礼儀ではなかった。

だが、ひとつ息をついたアリアレインは、腹を立てた様子もない。

「わかりました。忙しいところ、邪魔をしてしまいましたね。いくらかでも手を増やせぬものか、殿下にお願いしてみましょう」

言われた書記官は、ちらりとアリアレインに視線を向け、ありがとうございます、と小さく礼を述べて、そのまま書類に視線を戻した。

「アーヴェイル、帰りましょう。いつまでもここで仕事の邪魔はできないわ」

書記官の態度を気にする風もなく、アリアレインが小声で言う。

はい、と応じてアーヴェイルが事務官に頷く。もう一度扉を開けた事務官が廊下に出て扉を押さえた。

　廊下に出たアリアレインは、室内を振り返って丁寧に一礼する。

「……書記官がとんだご無礼を」

　扉を閉めた案内の事務官が、言いづらそうに詫びた。

　いいえ、とアリアレインが首を振る。

「わたしが無理を言ってお邪魔したのです。あれほどお忙しいのですから」

　いやしかし、と戸惑う事務官に、わたしは気にしておりません、とアリアレインは重ねて言った。

「目が回るほど忙しいときの来客ほど邪魔なものも、そうそうありません。あの書記官――ハシェック書記官？　彼が職務に忠実であることはよくわかりました」

　ひとまず安堵したらしい事務官が、はあ、と気の抜けた返事をした。

「――ああいった部署は、農部省には多いのですか？」

　このまま帰ります、と告げて歩き出してから、アリアレインは事務官に尋ねた。

「先ほどの部屋が一番忙しいのは確かですが、ほかに似たような部署がいくつかは」

　少しだけ考えてから、事務官は応じた。

「もともと執政府の書記官や事務官は激務なのです。それが祟って身体を壊す者も少なくありません」

　説明が少なすぎると感じたのか、そう付け加える。

「あの部屋でも誰かが？」

「ふたりはそうだったかと。別の部署で書記官がひとり倒れまして。いろいろあって結果的に、あそこから穴埋めで引き抜かれました。元来が激務のところに、抜けた者の穴と時期的な繁忙が重なりまして――」

事務官の説明を聞きながら、アーヴェイルはなるほど、と考えている。

ぎりぎりの員数で支えている戦線のようなものだ。

誰かひとりでも倒れれば、その分の負荷に周囲が耐えられなくなり、被害が連鎖する。そうなってしまえば加速度的に戦況が悪化し、致命的な事態を招くことになる。そうしないためには速やかな増援が必要になるが、今の農部省には増援を出せる余力がどこにもないか、あるいは省全体を見渡して戦力の再配分をする指揮官が欠けている、ということなのだろう。

考えるうちに、一行は農部省の玄関にたどり着いた。

「今日はお世話になりました。あの部屋の皆様には、お忙しいところ邪魔をした、とわたしが詫びていた旨、お伝えくださ い」

伝えます、と応じた事務官にもう一度丁寧に礼をして、アリアレインは馬車に乗り込んだ。

アリアレインに手を貸したアーヴェイルが続いて乗り込み、馬車はゆっくりと走り出す。

一礼して見送った事務官は、また早足で庁舎へと戻っていった。

「アーヴェイル、あなたどう思う?」

走り出した馬車の中で、アリアレインが尋ねる。

「あれを、ですか」

問われたアーヴェイルは、何かを思い出すように視線を天井に向けた。

「時間の問題でしょうね。あれでは遠からず、あの中の誰かが倒れます。そうなったらあの部署は間違いなく破綻する」

視線を戻したアーヴェイルが断言した。

小さくため息をついたアリアレインが頷く。

「残念ながら、わたしも同意見。彼らはよくやっていると思うけれど」

「はい。執政府の官吏として期待される以上のことはしていると思います。ですが、状況が悪すぎる。絶対的な員数の不足は、彼らの力量でどうにかできる範囲を超えています」

そうね、とアリアレインがもう一度頷いた。

「書記官の補充はすぐにとはいかないでしょうが、事務官だけでも増員すべきかと」

人手が足りないことが問題の原因なのだから、解決するのならば人手を増やすほかはない。

アーヴェイルの案は手堅い正論と言えた。

「──殿下にお願いするのは心苦しいけれど」

言いながらアリアレインは、王太子の、疲労の影の濃い表情を思い出していた。

──あの疲れ切った殿下のところへ、またひとつ問題を持ち込まねばならないとは。

王太子が疲弊していたからこそ、アリアレインは執政府の状況を自分の目で確かめてから話を持ち込むことを選んだ。せめて解決策とともに持ち込まねば、婚約者としての務めを果たしたことにはならない、と考えている。

「致し方ありません。大臣に話して埒が明かなかったのです」

アーヴェイルがきっぱりと断じた。

そもそも王太子が執政府と大臣たちの舵取りを行えていれば、このような事態は防げたはずだ、とアーヴェイルは思っている。

「それはそうなのだけれども、ね」

そう応じたアリアレイン自身も、原因の半ばは王太子にあるということを理解してはいる。

だが、それはそれとして、今の王太子の状況を捨ててはおけない、とも思っていた。

「アーヴェイル、明日から3日ほど、あなたに執政府での用事を作るわ。人がどこでどう足りていないのか、視察を受けて諸卿がどう動いているのか、そのあたりを見てきてもらえる？」

「かしこまりました、お嬢様」

「そのあとで穴を埋める方法を考えます。一時的にうちの祐筆を貸すことになるかもしれないわね」

アーヴェイルは黙って一礼した。

口を差し挟むべきところではなかったし、解決策としても妥当なところと言える。

そうであれば、アーヴェイルの取るべき行動は決まっている。

全力でお嬢様を支えること。それが補佐役としてのアーヴェイルの役回りなのだ。

「――どういうことなのだ？」

王城の談話室に、苛立ったような王太子の声が響いた。

王太子エイリークは、不機嫌さを隠そうともしない。

もとより己の気分を表に出して咎められる立場でもないからだった。

「はて」

内務卿が柔和な笑顔のまま、首を傾げる。

「執政府の視察の一件でございますが――お聞き及びではございませんか、殿下？」

知っていて当然ではないのか、とでも言いたげな口調だった。

「視察？　聞いておらぬ。なんだそれは」

訝るように、王太子の眉根が寄る。

「ですから、ご婚約者様――マレス侯爵令嬢が、執政府の視察をなさったのでございます。大事でございますから、わたくしどもも当然、殿下へのお話はなさっているものと――」

「いや」

顔をしかめた王太子が応じる。

「初耳だ」

「ご婚約者様にはご婚約者様のお考えあってのこととは存じますが」

笑みを浮かべた内務卿が頷く。

それを見た王太子の表情が、また一段険しくなった。

「いよいよ、そなたたちの言うとおりなのかもしれん」

婚約者である娘を足掛かりに中央へ。

やり手と評判のマレス侯爵であれば、考えていておかしくないところではあった。

「侯爵閣下同様、御令嬢も相当な才の持ち主とお聞きします」

式部卿が口を挟む。

「残念ながら殿下、完璧な組織などというものはございません。あの御令嬢であれば、執政府の中から、ひとつふたつの瑕（きず）は見つけ出せましょう。わたくしどもの想像が正しければ――」

「動きがあるはず、ということか？」

「まさに、殿下。たとえば責任者への叱責や処罰を殿下のところへ持ち込む、またたとえば組織なり人なりを動かして現状を変えようとするなど、いくつか想定はできましょう。無論、かの御令嬢の動きがどういったものか、事前にすべてを知ることはできかねますが」

頷いて、財務卿が言った。

それでも諸卿の想定の範疇を出るものではない、と、財務卿は暗に告げている。

「心づもりをしておけばよい、と？」

「ええ、殿下。かの御令嬢がなにを企んでいようとも、殿下を通さずにそれを進められるわけではございません。それに、何をするにせよ、予算と情報は必須のものでございますからな」

財務卿の言葉に、王太子はわかった、と頷いた。

「叱責や処罰の話は一旦、余のところで止めればよかろう。金のかかる話であれば財務卿、そなたの意見を求めればよいのだな」

「まさしく、殿下」

望む答えを引き出したということなのだろう、財務卿が笑顔を大きくして頷いた。

王太子が立ち上がり、内務卿と財務卿、そして式部卿がそれに倣う。

「余は執務室へ戻る。そなたたちは執政府の中を引き締めておけ。あれに限らず、付け入られるような隙を作らぬようにしてもらわねばならん」

3人の大臣が一礼して王太子を見送る。

王太子が出ていった談話室で、3人の重臣は目配せを交わし合い、声を出さずに笑った。

——あの小娘が何を企んでいようとも、ひとつしかない出口を押さえておきさえすればよい。

その方針を押し通し、自分たちの縄張りを守ることに、彼らは成功したのだった。

「執政府に動きはありません」
淡々とした調子で、アーヴェイルが報告した。

視察から丸3日、執政府に出入りしながら様子を窺っていた、その報告だった。

「そう。結局、わたしたちがどうにかするしかない、ということね」

ため息をつくように、アリアレインが応じる。

諸卿の領分である執政府の中のことについて、口を挟まずに済むのであればその方がよい、と考えていた。だからこそ視察の話を農部卿に持ち込み、現況を問題視していることを伝えるという、アーヴェイルの案を採り上げたのだ。

「それで、アーヴェイル、人数の当たりはついた？」

「部署によって人数は変わりますが、多いところで4人、というところです。恒常的に必要な人数となると半分以下に落ち着くとは思いますが、まずは溜まったものを片付けないことには」

アリアレインの問いかけに、アーヴェイルが応じた。

「新たに人を雇うにしても、執政府のやり方に慣れるには時間が必要だと思うけど」

「仰るとおりかと。しかし、書類の作成を肩代わりするだけでもそれなりに違いはありましょう」

「それで最大4人、ということ？」

「はい。申し上げたとおり、いま滞留している仕事をどうにかするための人数です」

「時間はどのくらい？」

「半月の想定です」

アーヴェイルの返答に、アリアレインが頷く。

「ひとまずそれで計画を立てましょう。数は事務官と臨時雇いを合わせて20人以内。部署ごとの優先順位をつけて、人繰りの調整をします。祐筆たちは自由に使ってくれていいわ。出来上がったら、わたしに見せて。早い方がいいと思うから、3日以内に殿下のところへ持ち込むつもりで」

「かしこまりました、お嬢様」

アーヴェイルが一礼して執事に頷き、ともに退出した。

祐筆たちとともにアリアレインが示した条件に沿って、どれだけの人数を、いつどこに送るかの計画を、これから立てることになる。3日以内に王太子のところへ話を持ち込むのであれば、今日明日中には案を作り、アリアレインに確認してもらわねばならない。

忙しくなりそうではあったが、アーヴェイルはそのことについて不満を感じてはいなかった。

翌日に計画を取りまとめて王太子への使いを出し、アリアレインが王太子との面会を許されたのはその更に翌日だった。
執政府の現状と対策についての相談、と伝えると、では諸卿もともに聞こう、という返事だった。農部卿の反応を思い出し、アリアレインは少々気が進まない思いになっている。
とは言え、人払いをしなければならないような話ではないし、いずれ執政府の——つまりは諸卿の側にも、通さなければいけない話でもあった。
そして、気が進まない話とはいえ、今後無数に生じるであろう軋轢の、最初のひとつと考えなければいけない、という意識もアリアレインにはある。

そのような経緯で、アリアレインは、王太子の執務室に設えられた討議のためのテーブルの、その末席に着いていた。

「伝え聞くところによればここ最近、執政府において、一部の業務が滞っているとのことでございます。先日視察をしたところ、たしかに仄聞のとおりであり、その影響は各所の領主へも及んでおりました。今のところ、民に直接悪影響が及んでいるものではございませんが、この先についてはどうなるか、判然としません」

アーヴェイルにまとめさせ、祐筆たちに清書させた書面を王太子に渡して、アリアレインは前置きなく切り出した。細長いテーブルの両側に座った諸卿の幾人かが顔をしかめる。

「ハーゼン嬢、仰るところは理解いたしますが、これはいささか――」

「確実なことは」

口を挟んだ式部卿にちらりと視線を向け、強い口調でアリアレインは言葉を続けた。

「現状をそのままにするのであれば、遠からずいくつかの部署の業務が破綻する、ということです。そのような事態に至ったならば、それは執政府にとっての傷となるのみならず、殿下にとっても瑕瑾となりましょう」

式部卿が顔を引き攣らせて押し黙った。

「――これを防ぐためには、早急な対応が必要と考える次第です。僭越ながら、当家で作成した案を持参いたしました。どうか御賢慮を賜りますよう」

渡された書面に視線を落とし、黙ったまま聞いていた王太子が、小さく頷いた。

そのまま、近くに座る財務卿の前へとテーブルの上を滑らせる。

「ハーゼン嬢、そなたの言いたいことはわかった。だがこれはそなたの言うとおり、執政府のやりように関わる話でもある。諸卿の言い分を聞かずして決めるわけにもいくまい——財務卿？」

書面を渡され、紙面にちらりと目を走らせた財務卿が、にこやかな笑顔をアリアレインに向けた。

「ハーゼン嬢、ご趣旨については、我々とて反対するものではございません」

言いながら、書面を対面に座る内務卿のもとに、ついと押す。

「しかしこれは、いささか性急ではございますまいか。ことは執政府のありようにも関わるお話、慎重にも慎重に検討をせねばなりますまい」

いかがですかな、と財務卿は座を見渡した。

重々しく頷く者、目を閉じて黙考する者、窺うように王太子と周囲に視線を送る者。

反対の意を示す者はひとりもいない。

「わたくしはこの案自体に反対するものではありませんが、財務卿閣下」

渡された書面に目を通した内務卿が、笑みを浮かべながら言う。

「実現するとなれば、相応の費えとなりましょうな？」

「いやいや、ハーゼン嬢はよくお調べでいらっしゃる。それ、そこにも記してございますが」

水を向けられた財務卿が、書面を指さしながら笑って応じた。

アリアレインたちが取りまとめた書面には、必要となる事務官や庸人の数、想定される期間と予算についても書き記してある。検討を重ねた妥当な数字のはずだった。

「――なにか間違いでもございましたか？」

努めて平静であろうとしたアリアレインではあったが、声が硬くなることは避けようがなかった。

「よくできた数字でございますよ、ハーゼン嬢。しかし殿下のご婚約者様とはいえ、ここに書いてある数字は、あなた様の自由にしてよいものではございますまい」

財務卿の口調と態度は、丁寧というよりも慇懃無礼と言ってよいものだった。

世情を知らない小娘にものを教えてやろう、という意図が透けて見えている。

「執政府で働く者の俸給は国庫から、でございますからな。つまりもとをただせば、民が必死に働いて納めたものでございましょう」

内務卿が、財務卿の言葉を引き取るようにして付け加える。

――それをうまく使えているのなら、わたしも口を挟んだりしないというのに。

居並ぶ諸卿と自分との間の認識の差に愕然としながら、アリアレインは、どう反論すべきかと考える。

「ハーゼン嬢、あなたの御懸念はわかります。ご提案もしかと承りました。しかし執政府のことは執政府にお任せいただけませんか。さきに内務卿が申されたように、相応の費用がかかるものでもございます」

「それに元来、執政府の問題はそこに勤める書記官や事務官の問題でもございます。各々が全力を尽くせば、ハーゼン嬢がご心配されるようなことには及びますまい」

――ほんとうに彼らは、文字どおりの意味で、何も見ていないのか。

式部卿と農部卿の言葉を、アリアレインは力が抜けてゆくような心境で聞いていた。

だが、脱力していて済むような話でもない。彼らの言い分を黙って呑んでしまえば、書記官たちは現状のままに放置されることになるだろう。

「国庫の費えが――さようなことが問題であるのならば」

意識して背筋を伸ばし、顔を上げ、アリアレインはその場に集まる廷臣たちに向けて、はっきりとした口調で切り出した。

「もうよい」

「――殿下？」

「もうよい、と言ったのだ」

思わぬ場所からの横槍に、アリアレインの言葉が止まる。

王太子はテーブルに肘をついたままの手を軽く振って続けた。

「この件は余が預かる。言ったであろう、婚約者であるそなたに、心配をさせるようなことはないのだ、何も。どうしても納得がいかぬのであれば、ハーゼン嬢、そなたの好きにするがいい」

その場の全員の視線が自身に集まったことを確かめるような間を置いて、王太子は付け加える。

「――ただし、国庫に手を付けることは許さぬ」

廷臣たちが一斉に頭を下げ、王太子の言葉への賛意を示す。

半拍遅れて、アリアレインも頭を下げた。

「ハーゼン嬢、そなたの提言はたしかに聞き届けた。ご苦労だった。下がってよい」

それが、会見を終えるという合図の一言だった。

「――お嬢様」

控えの間に戻ったときも、そしてそこから廊下を歩く間も一言も発することなく馬車に乗り込んだアリアレインに、アーヴェイルは低い声で呼びかけた。

今までこのような態度を見たことはない。何か、それもお嬢様にとってよくない何かがあったのだろう、と察している。

馬車の天井に視線を向けたアリアレインが、深くため息をついた。

「駄目だった。甘かったわ。諸卿も殿下も、執政府をあのままにしておく気になっていたなんて」

アリアレインとしても、正論ならば必ず受け入れられる、などということを考えていたわけではない。

だが、諸卿の全員が揃って抵抗し、王太子がそれに同調するとは思っていなかった。

そこまでか、とアーヴェイルも暗澹（あんたん）たる気分になった。

「執政府に馬車を回して」

「執政府、ですか」

この上執政府に何の用事が、と思いながら、アーヴェイルが問い返す。

「ええ。あの書記官――ハシェック書記官にお詫びをしなければ。力が及ばなかったのですから」

「お嬢様が責めを負うべきものでもないとは思いますが」

必要な情報を集め、必要な提言をした。

拒否した上は、その決断をした者こそが責めを負わねばならないはず。

そういった意味のアーヴェイルの言葉に、アリアレインは、ふ、と息をついて応じた。

「それでもね。わたしが殿下にお願いすると言ったのよ。その結果が出たならば伝えるのはわたしの役目なの。そして望む結果が出せなかったのだから、伝えるのはお詫びの言葉以外にないでしょう」

小さく笑って付け加える。

「それともアーヴェイル、あなた、わたしが『全部殿下のせいです』なんて台詞を口にするところを見たいの？」

つられるように、アーヴェイルも小さく笑った。

たしかにそんなところを見たくはない。そもそも、想像できない図ではあった。

「いいえ、お嬢様。そのようなことは――あなたには、相応しくありません」

側についてからおよそ2年。

アーヴェイルの見る限り、アリアレインは、己の及ばなかった部分の責任を、他人に負わせるようなことはなかった。失敗そのものが多くはなかったけれど、数少ない失敗も常になぜと自問し、自分の何が足りなかったのかを突き詰めて次に活かそうとするのが、アーヴェイルの知るアリアレインだった。

「『相応しくない』なんて、高く評価されたものね。嬉しいわ、アーヴェイル」

「何も出ませんよ、そんなことを仰っても」

軽口を叩いてくれてよかった、と思いながら、アーヴェイルはアリアレインの言葉を受け流した。

小さな窓越しに、御者に行先を告げる。

石畳に車輪の音を響かせながら、馬車はゆっくりと走りだした。

執政府で来意を告げると、すぐに農部省へと案内された。

行先は無論、以前訪問した際に言葉を交わした書記官の部屋だった。

扉が開けられるとアリアレインはまっすぐに部屋の奥の書記官のところへ歩く。

「申し訳ありません、殿下にあなたがたの窮状を伝えきれませんでした」

開口一番、頭を下げてそう詫びる。

書記官の顔に驚きが広がる。まさかいきなり謝罪されるとは思っていなかったのだろう。

そもそも再度の来訪があることも、そして王太子に己の部署の状況が伝えられることも、期待していなかったに違いなかった。

「ああ、その、お顔を上げてください。お気持ちだけで。ええと――」

「アリアレイン・ハーゼンです、ハシェック書記官」

「失礼を、ハーゼン様」

立ち上がろうとする書記官を、アリアレインは手振りで制した。

「どうかそのままで、書記官。幾度もお邪魔をしてしまいますが、次はもう少しよい話を持ってきます」

そう言われた書記官は、次席と顔を見合わせた。

信じてよいものかどうか迷っている、という表情だった。

伝えるだけのことを伝えて、アリアレインはすぐに農部省を辞した。

そのまま馬車に乗り込み、王都邸へと向かう。

動きだした馬車の中で、アーヴェイルはアリアレインに問いかけた。

「お嬢様、あのようなことを仰ってよかったのですか？」

そうね、とアリアレインが応じる。

「あの書記官たちには手助けが必要です。アーヴェイル、あなたも言っていたでしょう？」

「はい、お嬢様、たしかに申しました。時間の問題、と」

「だから今すぐ動かなければ。彼らも農部省そのものも、見捨てるわけにはいかないもの。それにね、今回は完全に失敗した、というわけでもないのよ」

「と申されますと？」

「好きにしてよい、と仰ったのよ。殿下が。国庫に手を付けぬ限りは、と」

「――それは」

国庫に手を付けないということであれば、正規の事務官として新たな人員を配置することはできない。

そして、雇った者たちが働く分は、すべて侯爵家の持ち出し、ということになる。

だがそれでも、執政府が抱える問題を解決する糸口だけは、作ることができたと言ってよかった。

「まずはうちの祐筆をあそこへ送りましょう。その次に、わたしの裁量で動かせるお金で人を雇います。そのあとは、お父様とお話をしなければ。すぐに解決できる話でもないけれど、放り出すわけにもいかないから」

自分の知るいつものお嬢様だ、と思いながら、アーヴェイルははい、と頷いた。

「そういうわけだから、悪いけれど、アーヴェイル」

「はい」

「しばらく、忙しくなるわよ」

「――はい」

番外編 ——侯爵令嬢アリアレインの歓談——

KOSHAKU REIJO ARIALEIN NO TSUIHO

「ハシェック書記官」

出仕して仕事の支度を始めたラドミールに、声がかかった。

振り返ると、ハーゼン家——マレス侯爵家から出向いて仕事をしている祐筆だった。

「当家の名代が、本日の午後、こちらを訪問したい、と。差支えはありましょうか？」

ああ、とラドミールは頷く。

「無論、差支えなどございません。歓迎いたします」

午後に急ぎの仕事はないし、来客の予定もなければ大臣や勅任書記官に呼び出されているわけでもない。当の祐筆も、それを知っていての言葉だろう、とラドミールは思っている。

訪問したいと言っているハーゼン家の名代——マレス侯爵令嬢アリアレインはラドミールにとって、ひとかたならぬ恩のある相手でもあった。

「であれば、書記官」

小さく笑みを浮かべた祐筆が、ラドミールに視線を向ける。

「ええ、少し急いで仕事を片付けてしまいましょう。午後の早いうちまでに」

農部省のこの部署では、そういう慣例になっている。

そうやってわざわざ時間を空けてでも待つだけの価値が、アリアレインの訪問にはある、と、ラドミールも部下の事務官たちも、考えているのだった。

ラドミールがそのように考えるに至った原因は、1年以上も前に遡る。

当時、激務が祟って人が倒れ、その空いた穴を埋めるために更に激務の度が増す、という悪循環に巻き込まれたラドミールは、まさに限界を迎えようとしていたところで、アリアレインに救われた。

誇張なく、文字通りの意味で、救われた、と言ってよい、とラドミールは思っている。

当時の惨状を見たアリアレインは、どうにかしてくれるよう王太子に掛け合うと言い、それが叶わぬと知るや、自らの部下を執政府に送り込んでラドミールたちの急場を救ったのだった。

その後も何かと理由をつけて官吏の増員を拒む式部省とは対照的に、アリアレインは、今もマレス侯爵家の持ち出しで、執政府のあちこちの部署に祐筆やら雑役夫やらを送り込んでいる。彼女は月に数回、ラドミールが働く部署を訪れ、四半刻ばかり書記官や事務官と話をしては帰ってゆくのだった。

かつて世話になり、今もなお世話になっているから、というのが、アリアレインの訪問を歓迎する大きな理由ではあったが、わざわざ時間を空ける理由はそれだけではない。

アリアレインは訪れる際、必ず焼き菓子と茶を携えている。

初めの何回かこそ仕事をしながらそれらを口にしていたラドミールたちも、それはそれで礼を失する行いかもしれないと思うようになり、そしてまたくつろぎながら食べるのでなければ勿体無いのではないか、と思うようになったのだった。

そのような理由で、アリアレインの訪問が告げられた日は、部署の全員がどこか浮き立ったような気分になりながら仕事をこなしている。午後の早いうちにその日のおおよその仕事を片付けてしまい、時間の余裕を作ってアリアレインの訪問を待つ、というのが通例になっていた。

つまり自分も部下たちも、変化のない執政府の日常にもたらされる、ちょっとしたアクセントと楽しみを、そしてそれをもたらしてくれるマレス侯爵令嬢の来訪を、心待ちにしているのだ。

そう気付いて、ラドミールは声を出さずに笑った。

執政府の官僚としてどうなのか、という部分がないではないが、けっして悪い気分ではなかった。


そのようなわけでその日の午後、ちょうどお茶の時間の頃合いに訪れたアリアレインを、ラドミールたちはいつものように歓迎した。

アリアレインが座るための椅子と、いつも持参する菓子を載せるための小さなテーブルまでが用意されている。

「歓迎していただけるのは嬉しいのだけれど」

小さく笑いながらアリアレインが言う。

お付きの護衛役——たしかアーヴェイルと呼ばれていた護衛役も、精悍な表情を心なしか和らげているようだった。

「皆様、お仕事は大丈夫なのかしら？」

「いらっしゃるということなので、普段よりも早めに」

まだ若い事務官の返答に、アリアレインがくすりと笑う。

「あまり上司の方の前で仰るようなことではないのでは？」

「ハシェック書記官からしてそうなのですから」

「——そうなの？」

「ええ、まあ。——はい」

何かと言葉を飾り、あるいは濁すことが得手の官僚であるのに、この年若い侯爵家の名代の前では、どうしても率直な反応をさせられてしまう。

そう思いながら、ラドミールは、むしろ快い気分でいる。

「そういうことならば、手土産を持って訪ねた甲斐があったというものね」

笑みを含んだ口調でアリアレインが言い、振り返ってアーヴェイルに頷いてみせる。

はい、と応じたアーヴェイルが、小ぶりの布の鞄から、持参した手土産を取り出してテーブルに並べた。

「それで、ハシェック書記官」

椅子に腰かけ、自らも持参した手土産を食べながら、アリアレインが尋ねる。

「最近、お仕事はどうなのですか？」

「はい」

口に入っていた胡桃入りの焼き菓子を飲み込んで、ラドミールが応じた。

「今のところ、大きな滞りや問題はありません。もうしばらくしたら、今年の秋の収穫の状況がここへ集まってくる時期になりますので、そうなると少々忙しくはなりそうですが」

とはいえそれも例年通りの話であり、一時的なことでもある。

「人を増やした方がいいかしら？」

「いいえ、それには及びません。ほんの半月かそこらの間です。今、いらしていただいているお二方のみで十分かと」

「忙しい時期は、避けた方が？」

自身の訪問のことを言っているのだ、ということは、特に補足がなくとも察せられた。

「むしろいらしていただいた方が、張り合いがありますが」

笑みを含んだ口調で、ラドミールが応じる。

「そう？　待たれているのなら、来ないわけにいかないわね」

　ふたりのやり取りに、部下たちの間に遠慮のない笑いが広がった。

　実際のところ、無理な仕事を振るときくらいしか姿を見せようとしない上役たちよりも、アリアレインはよほど歓迎されている、と言ってよい。

　忙しいからと言ってその訪問を断ろうものなら、ラドミールが恨まれるようなことにもなりかねなかった。

「ここ、多少なりと仕事が落ち着く時期、というのはあるのかしら」

　アリアレインが聞くともなしに尋ねる。

「夏と冬はいくらか。まあ、何もないというわけではないのですが、やはり収穫の時期とその前後が忙しいので――」

　ラドミールが答える。

「皆様、お国に帰ったりはできるの？　もちろん、もともと王都の出、という方も多いのでしょうけれど」

　ラドミールと部下たちが顔を見合わせた。

　王都やその近郊、その気になれば週末でも行って帰ってができる者もいれば、陸路なら往復だけで一週間以上、という者もいる。

　前者の方が当然、親元に帰る頻度は高く、後者は低い。ラドミールは後者の側だった。

「私はマノールの出ですが、たしかに、ここしばらく、帰っておりませんね。郷里には母がおりますが、最近2年ばかりは仕送りと手紙のやり取りだけです」

本当に忙しかった時期は、それこそ、一言二言を書くのが精いっぱいで、それは到底手紙のやり取りとは言えないものではあったけれど、1年少々前のあの時期を過ぎてからは、少なくとも近況を事細かに書き、母を安心させるだけの余裕が生まれている。

「それは」

アリアレインがかすかに顔を曇らせる。

「あまり良くはありませんね。お母上も、待っておいでなのでは？」

たしかにそれは、侯爵令嬢の言うとおりであるのかもしれなかった。

「余裕がある時期のうちに、少し長めに休んでしまう、というのも良いと思いますよ」

それは理屈ではそうだけれども、と言いたげなラドミールと部下たちの顔色を察したのか、アリアレインはもう一言を付け加える。

「東の方であれば、わたしが用事を作ってあげられますけれど。まあ、良かったら、憶えておいてくださいね」

その後もしばらく他愛のない話を交わして、いつものように、マレス侯爵令嬢はラドミールの職場を辞した。

ほどほどに忙しい日々の仕事の中で、ほとんど忘れかけていたこの日のやり取りをラドミールが思い出すのは、およそ1年ほどののち。

ラドミールにとっても、そしてアリアレインにとっても、大きな転機となる時期のことだった。

あとがき

KOSHAKU REIJO ARIALEIN NO TSUIHO

はじめまして。しろうるりと申します。

この本を手に取ってくださり、ありがとうございます。

本作は著者が初めて発表した長編です。ＷＥＢ連載時から読者の皆様のご好評をいただき、「第6回アース・スターノベル大賞」の佳作を頂戴して、こうして書籍として世に出せることになりました。


この本で著者が書きたかったことをひとつ挙げて、と言われると、それは多分「理不尽を自分の力と気概で跳ね返す、強い女性の話」になるでしょう。著者も読者様もそうだと思うのですが、人は生きていれば、様々な理不尽に直面させられます。そんなとき、ただ諦めて理不尽を受け入れるでもなく、誰かが救ってくれるのを待つでもなく、自分の持てるものを総動員して抗い、自分で道を切り開く主人公が――できれば女性の主人公が、書きたかった。そういう、強い、そして頭のいい女性が、かっこいいと著者は思っているのです。

本書はＷＥＢ版から大幅な加筆を行っています。ＷＥＢ版では読者の皆様のご想像にお任せしていた部分、冗長になるかもしれないと作者が書けなかった部分や気が回らずに描写できなかった部分を、ほぼ余すところなく詰め込めた、と自負しています。ＷＥＢ版をお読みいただいた読者様には、完結から半年少々が経って、著者も作品もその間に成長したんだな、と捉えていただければ幸いです。


さて、本書を世に出すに当たっては、本当にたくさんの皆様のお世話になりました。

右も左もわからず、受賞とその後の展開にうろたえる著者を励まし、たびたび有用なご提案やアドバイスをくださりながらスケジュールその他諸々の管理をしてくださった、担当編集のＫ様。

アース・スターノベル編集部の皆様。

過密なスケジュールにもかかわらず、本書のために美麗なイラストをご提供いただき、本書の物語を美しく彩ってくださったＲＡＨＷＩＡ先生。

本書の世界に明瞭なイメージを与える地図を制作してくださったおぐし篤先生。

校正やデザイン、営業担当の皆様。

仕事から帰ってもしばしばデスクから離れなくなってしまう著者を見守り、ときに心配しつつも励ましてくれた妻と子供たち。

そしてもちろん、ＷＥＢ版からご愛読いただいている読者の皆様。

どなたが欠けても本書が世に出ることはなかっただろう、と思います。
本当にありがとうございます。

また、本作の受賞と出版に当たり、著者と勤務先の間でのトラブル解決にご尽力くださった「電羊法律事務所」の所長、平野敬弁護士にも、この場を借りてお礼を申し上げます。

トラブルの内容についてはここでは触れませんが、著者の作品発表の場としている「小説家になろう」様と「カクヨム」様でエッセイに仕立てて公開しておりますので、興味のある方は是非そちらもお読みください。

お礼の言葉は尽きませんが、紙幅には限りがあります。
最後にもうお一方、この本をいま手に取っていただいているあなたに心からの感謝を申し上げて、著者の巻末の言といたします。
お読みくださり、ありがとうございました。
また次巻でお会いしましょう。

しろうるり

侯爵令嬢アリアレインの追放

次巻 2025年

夏発売予定!!

侯爵令嬢アリアレインの追放 上

発行 ―――― 2025年3月3日　初版第1刷発行

著者 ―――― しろうるり

イラストレーター ―――― RAHWIA

装丁デザイン ―――― AFTERGLOW

地図イラスト ―――― おぐし篤

発行者 ―――― 幕内和博

編集 ―――― 川井月

発行所 ―――― 株式会社アース・スター エンターテイメント
〒141-0021　東京都品川区上大崎3-1-1
目黒セントラルスクエア　7F
TEL：03-5561-7630
FAX：03-5561-7632

印刷・製本 ―――― 中央精版印刷株式会社

ISBN 978-4-8030-2082-3